透けた筆入れ

昭和十九年の春、私は当時の国民学校に入学した。何人もの兄たちから譲り渡されてきた背のう（カバン）は、もう上のカバーがなくなって、単なる四角い箱になっていた。服もくつも同じようなものだった。

しかし、筆入れだけは新しかった。大阪の叔父夫婦が買ってきてくれた、赤いセルロイドの、ほのかに透けて見えるものだった。机のふたを上げたり下げたりしながら、しょっちゅう見ていたかった。

深紅のチューリップの花びらが日に透けて見えるとき、あのセルロイドの透け具合ほどの記憶が、この春もよみがえってきた。

（一九九三年四月九日）

表札の上の巣

「静かな静かな里の秋……」。思わず出てくる歌を口ずさみながら、秋日のたまる農家のかどを訪れた。

人の気配はなく、真昼だというのになお静かだった。出入口に近づき表札を見た。そして、一瞬驚き、すぐ笑ってしまった。分厚い木製のその表札の上になんと、ツバメの巣が乗っかっているではないか。その土やわらくずの一部は、表札の第一文字の上まで垂れている。

この巣にツバメはもういない。しかし、来年の春、彼らは、この家の表札を見て、間違えることなく確実に戻って来られるだろうと思った。（一九九四年十一月九日）

ピッチャーとキャッチャー

昨年三月に結婚した娘夫婦が、約一年ぶりにやってきた。あいにくの雨で、臨時に陶芸教室を開いた。二人は、娘が描いた絵を見ながら同じような器を作りだした。機械設計が仕事の婿殿は、寸法を計ったりしながら把手を付けている。「何だ」と聞くと「ピッチャーだ」と答える。水差しのことらしい。「そうか、じゃあ、おれはキャッチャーを作ろう」と、私は大きなジョッキを作った。注文通りブルーで施釉して焼き、先日送った。暑くなった今、私は「キャッチャー」でビールを飲み、二人はピッチャーで水割りでも飲んでいることだろう。

（一九九六年六月五日）

抽象画の夢

赤ん坊はどれくらいすれば目が見えるようになるのだろうか。生後二週間もたたない孫が自をぱっちりと開けてこちらを向いているのを見ていると、少なくとも私の顔は分かっていると、初めて「じじ馬鹿」になった私は思う。しかし、周囲の者は否という。

そんな孫が眠っているのを見つめていると、時々体をびくっと動かすことがある。「夢見ようとじゃろうか」、これまた「ばば馬鹿」になった妻が言う。

もし、そうならどんな夢だろう。彼はまだ、この世の姿、形を見たことはない。夢だって「像」で見るだろう。こう自問した私は「抽象画の夢じゃろうか」と自答して笑った。（一九九七年二月二十二日）

青田の風

今夜も熱帯夜になるでしょう、とテレビが言う。冷房の茶の間は暑くないはずなのに、体が慣れると、もう涼しいとは思わぬ。

思い切ってうちわを持って外へ出た。三軒ほど過ぎれば、すぐ青田。その道を歩く。杵島山の「山の端《は》」のみがわずかに明るい。黒々とした稲葉を揺らして風が渡ってくる。風が止むとうちわであおぐ。強弱や休止があるためかえって風を感じる。茶の間の方形の涼ではなく、無限に流れる涼は温度の差以上に私の体と心に涼味を送ってくれるようだ。つい歩き過ぎた帰途、青田の上に白い月が昇っていた。

（一九九八年八月二日）

孫の所望

おもちゃの機関車が疾走してテーブルから落ちる。二歳半の孫はそれが面白くて「もう一回」を繰り返す。そんな孫のいる遠い娘の家に行った。あてがわれた部屋に妻といた朝、トコトコと孫がやってきた。その時、私は不覚というほどでもなかったが放屁をしてしまった。耳ざとく聞きつけた彼は、瞬時考えていたようだが、すぐにその音の何たるかを解したのである。にこっと笑うと、すかさず「もう一回」。

残念ながら生理の都合上その所望には応えられなかったが、すでに放屁のおかしさを分かりかけているのだろうと、またしても「じじ馬鹿」にひたるのだった。

（一九九九年九月十四日）

干し柿一つ

甘柿の木は三本もある。今年もたくさんなった。でも、干し柿にする渋柿がない。何年か前、縁日でようやく渋柿の苗を見つけて植えておいた。「桃栗三年、柿八年」というように、なるほどなかなか実をつけなかったが、今年、苦節八年に達したのであろう、一個の実がなったのである。でも、その形がどうも甘柿そっくりに見え、ほんとうに渋柿だろうかと不信を抱いた。先日、ようやく色づいたので皮をむき、そっと舌で触ってみた。確かに渋かった。縁日のどさくさをちょっと疑ったことを恥じながら、いま一つだけの干し柿を軒下にぶらさげている。

（一九九九年十二月一日）

つまようじ

扇風機が回らなくなった。いろいろな機能はいらない。回転こそ基本なのに、今の扇風機はそこが弱いなどと愚痴りながら電器店さんを呼んだ。四十年も前に担任したことのある彼は油をさして簡単に回した。「近ごろは油もささずに買い替える人の多かもんね」。彼の言はわが頭をガーンと打った。基本を忘れていたのは自分だったのだ。
しばらくして便座の洗浄水が出ないと妻が言った。私はつまようじを持ってトイレに向かい、ノズルの穴をつついた。すぐ細い水が噴出した。先日はガスレンジの火口の穴もつついた。ほかにもつつくところがないか探している。

（二〇〇〇年七月六日）

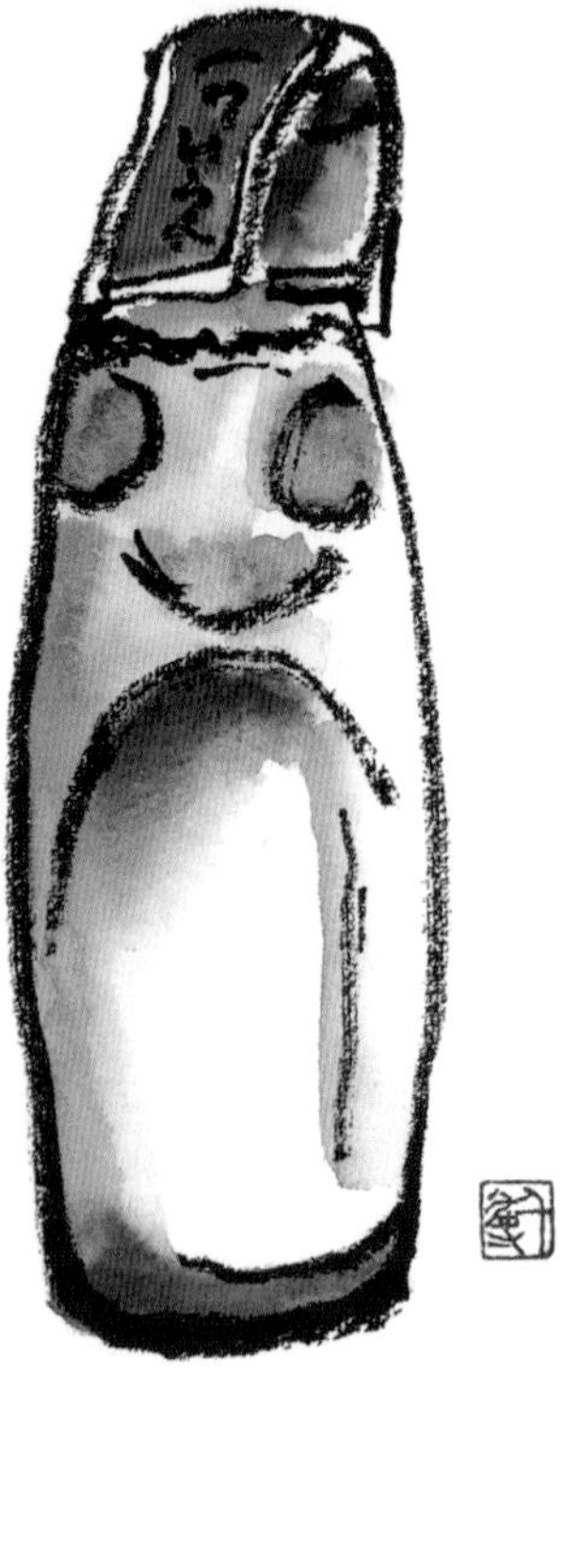

画文集

孫の所望

文／白武 留康
画／中村 ちひろ

〔カバー・表紙・扉〕装画＝中村ちひろ

はしがき

この画文集は一九九三年から二〇〇〇年まで、毎日新聞佐賀版の「はがき随筆」に掲載された九十編を集めたものです。一編が原稿用紙一枚にも満たないものですが、その小さな出来事と小さな思いや感動を大切にしたいとの願いを込めたものです。

一編ごとに付けられた絵のほとんどは、私が教師のころ生徒だった中村ちひろさんが描いてくれました。の印のあるものです。他の十三枚は私が描きました。

カバー、表紙、扉とも中村さんによります。ゆっくり読んで画文ともに味わってください。

二〇二一年三月　白武留康

目次

巻頭随筆八題

［一九九三年］

明太子

　私にとって、明太子《めんたいこ》は正月のものである。赤い粒つぶの舌ざわりと、ちょっと癖のあるにおいと、冷たさ……。

　もう、五十年以上も前、正月は「二月正月」といって、二月一日にお客さんが来ていた。ほんの二、三人の客人ではあったが、母と父が台所で料理に取り組んでいた。大事な料理に限って父がしていた。明太子もそうだったのだろう。慎重に切って盛りつけた後、少し残ったのを「食うか?」と、口に入れてくれた。

　めったに食わないあの粒つぶを、やはり食ったことのないマグロだと、私は長い間思い続けていたものだ。


（一月十八日）

太い指

　昨年暮れに小樽へ行った。冬の北海を見たくて、妻と港のふ頭を歩いた。

　黒い海には、さして大きくもないロシアの貨物船が停泊していた。やがて、日本人の男が車でやって来て、船の人と片言で話し出した。

　彼は、小さいころ樺太にいたので、懐かしいと言っていた。相手の中年のロシア人は、雪の上に「１９４６」と数字を書いて、腰より低いところで手を広げた。その年、自分も樺太にいて、こんなに小さい子供だった、と言ったらしい。

　でも、雪に突き立てた彼の指は、私の指の倍ほどの大きさだった。（二月二日）

鳥が来る庭

「本を預かったから」と、長兄が家に持って来てくれた。コタツに入って話しながら庭を見ていると、三つ四つ取り残したミカンを小鳥がつついている。

「ヒヨかな。うちの庭には、エサもやっとばってん、なかなか小鳥の来ん」と兄は嘆いている。

するとわざとのようにノビタキやツグミまで来て、小さな庭をにぎわせている。

昼どき、自分の家に帰った兄から電話がかかってきた。

「今、うちの庭にもヒヨの来と！」。ちょっと弾んだ声だった。（三月十日）

かえで

庭に一本のかえでの木がある。春、黄緑に紅のさした新芽が美しい。ところが不思議なことに、一つの枝から出た芽だけが先端にことごとくつぼみを着けている。この枝は分かれたところ付近にてっぽう虫が食った痕跡がある。そのために、もう一方の枝よりも芽が出るのがはるかに遅かった。

ひょっとしたら枯れるかもしれないと思われた劣悪な条件下で花を咲かせようとしているのだ。枯れる前に種を残しておきたいという種の保存の原理の働きであろうか。難無く茂るもう一方の枝に、花の準備は全くないのに。（五月四日）

空豆

畑で作った空豆の実が堅くさやに満ちた。ざるいっぱいをゆでて塩をパッパッとふりかけ、ビールのつまみにして旬の香りを味わった。どんなにおいしくても、二人では食べきれず残してしまった。

翌朝、食事の準備をしながら、その残りをまたほうばってみた。なぜか急いで、口いっぱいに入れてもぐもぐ食った。こぼれる程にむさぼるという仕草が、子供のころを思い起こさせた。空豆ぐらいはたくさんあったはずなのに、兄弟で競って口いっぱいほうり込んだのは、戦争さ中のころだった。独特の匂いがいざなった、落ち着きのない麦秋がまたそこにあった。

（六月十五日）

蛇

梅雨の晴れ間に、前の堀を見ていると、一匹の蛇が向こう岸を登ろうとしていた。かさの高いコンクリートに何回か挑戦したが、登りきれずにその都度、ボチャリと水面に落ちた。蛇は嫌いだが、コンクリートも嫌いな私はそのうち同情し、可哀相だと思うようになっていた。

ところが、対岸をあきらめてこちらへと向かった。こちらの岸は向こうより少し低めだ。二、三回の試技で眼前に姿を現した彼に、私のさっきの感情はもうなくなっていた。シッシッと声を荒らげ、はては土くれを投げているエゴに気づきはしたが、やめることはできなかった。

（七月十二日）

サンショウウオ

京都・嵯峨にある祇王寺《ぎおうじ》は真夏の喧騒から離れて静かだった。庭のふちにある小さな溝にも清い水が流れていた。その中をのぞき込んで「サンショウウオだ」と、思わず私はつぶやいた。そして、妻と娘のいるところへ急いだ。「見にいこう」。

よそのおばさんも興味深げについてくる。しかし、黒い小さな手をつけたあの姿はなかった。石の下などに手を入れてみたが、いない。「確かにおった」とは言ったが、ひょっとしたらイモリだったかも知れんと、自信のなさが頭をよぎった。そして、隠れてくれたからよかったのでは、と心の隅で思っていた。

（八月二十二日）

立山登山

八月の下旬、小学校のころの同級生夫婦十数人で立山に登った。雨続きの不順な天候のもとでの決行だったが、その日は連峰のかなたまで透き通る快晴だった。

バスやケーブルカーに頼っての登山とはいえ、階段や山道は自分の足で登らねばならぬ。登りつめた立山の室堂にはまだ雪が残っていて、長年の農作業の厳しさに腰を痛めた友も奥さんに支えられ、みんなその中に踏み入った。

四十数年前、同じ小学校の校庭で雪を投げ合った仲間が、長い年月を経て、立山の雪の上に立っていた。三千メートルの高低差と歳月の経過は無きがごとくに。

（九月十四日）

堀

長雨と冷夏を越えてようやく季節相応の秋日和になった一日、久しぶりに実家に行った。家の裏に堀があって、兄が孫たちを連れてフナ釣りをしていた。さっそく釣りざおを借りて私も糸を垂れた。赤いうきがかすかな風に揺れ、ギンヤンマが葦辺《あしべ》を何回も行き交った。

「これでおしまい」と言って上げた父のさおに、大きなフナがかかっていたのは五十年以上も前のことだった。

私は目の前の葦の葉を一枚取ると、昔、兄たちがしてくれたように、葦舟を作って「ほら、帆かけ舟ばい」と、兄の孫たちに差し出した。


（十月十五日）

お土産

東京でのある研究会に参加した。せわしい日程のため、たった一時間の夕食に都内の大学で学んでいる末娘を呼んだ。

とある食堂での食事の合間に私は家から持ってきた土産の包みを出した。「サツマイモ二本、柿三個、玉ネギ五個、ダイコン一本……。それに普賢岳の火山灰入りの焼きもの二個」。私は、そう目録を口述した。「もう、出さんでよかよ」。娘は私がテーブルの上に並べはしないかと警戒して叫んだ。

「全部、我が家で、土から出来たとたい。こいがほんな土産て言うとばい」。

新聞紙の包みが外から見えぬように、しっかりと抱いて娘は小平の大学寮に戻っていった。

（十一月十九日）

開戦の日

十二月八日は開戦記念日だった。当日のことを思い起こそうとしても、四歳半の記憶の中からは何一つ確たるものは出てこない。しかし、何かただならぬことが起こったという、父母たちのかもす雰囲気だけは感じていた。

先日見たテレビドラマ「エトロフ遥かなり」で、霧の中に大集結していた日本海軍の戦艦の群に驚いたが、その兵隊の一員に私の兄もいた。それは戦後、当人から聞かされたことだが、その時は父母にも知らされていなかったに違いない。そしてそれは、三人まで息子を兵隊に出した父母の、心休まらぬ日々の始まりであった。

（十二月十五日）

［一九九四年］

七草のころ

七日の午後、七草を摘みに出た。冷たい風にさからって、西にあるクリーク沿いを見て歩いたが、見つけたのはまだ小さなセリだけだった。自分の畑で、ようやくナズナ、ハコベラ、スズナを採り、白菜、春菊、レタスを加えて、無事今年の七草粥《がゆ》を作ることができた。

新暦の一月七日は若菜には早すぎて、草のいちばん枯れた寂しいときだ。そのうえに、正月だけはそろっていた娘たちがポロポロと都会へ戻って行き、ちょうどもとの二人になってしまったときだ。

夜、苦味のある粥をボソボソとすすった。

（一月十九日）

法要

父の十七年、母の七年、三番目の兄と弟の五十年忌をまとめての法要が、実家で営まれた。

供養をするのは普通は五十年忌までと聞いている。とすれば、兄と弟の供養はもうないことになる。戦病死の兄は十九歳、病死の弟は四歳の若さであっただけに、五十年忌といっても、そう昔のことと も古い仏のことと も思えぬ。

私自身の幼児期にかかわった二人の短い思い出は、敗戦とほぼ同じ時期にプッンと切れてそのままである。私が生きている限り、仏はいつまでも古びることはないだろう。

（二月二十四日）

レンゲ

町角の店屋が解けてもう五年ほどにもなる。店を出していた老夫婦が相次いで亡くなったのはもっと早かった。今は細長い空き地になって、ポツポツとタンポポの花が咲いているのみである。

昨秋ここにコスモスを咲かせた私は、今度は春をレンゲの花で飾りたいと種をまいた。しかし、時期が遅く芽が出ない。そこで、離れたクリークの岸から、はびこったレンゲを間引いてきて植えた。

しかし、最近の遅霜で、その葉は枯れかかっている。「レンゲの移植」は成功ならずか。

（三月十九日）

祖父の顔立ち

子供のころ「本宅」と呼んでいた、父の実家で叔父やいとこの五十回忌があった。もうほとんど行くことのなくなったこの家の座敷に掲げられた写真を眺めた。いちばん古いのは、生きた時間が重なりあうことのなかった私の祖父である。

しかし、自分よりたった二代をさかのぼっただけで江戸時代の風を吸ったのだと思うと、とても不思議な気がする。でも、ちょっと横向きの顔が謹厳実直を外れた個性に見えるのがうれしい。

農家だったのに生花の師範をしていたと父から聞いた唯一の知識が、それを個性と思わせたのかもしれない。

（四月二十三日）

ハトの巣

我が家の庭でいちばん大きい木はスモモメスレーである。その青葉がおい茂りうっそうとした辺りに、近ごろハトが巣を懸けた。動物を何も飼っていない我が家では新しい生命が誕生することがうれしく、なんとかこの愛の巣の目的成就を願っている。でも気掛かりは周囲をうろつくのら猫だ。そこで私は、巣につながる大きな枝に、苗ものを買った時のカゴを取り付けて猫の道を遮断してやった。
　この黒い変なカゴを、座り続けるめすハトがどう思っているかは知らないが、別に逃げないところをみると、わが好意を理解したのかもしれない。

（五月十八日）

ハトの巣その後

猫防御柵まで作ってやったのに、庭木の巣でハトのひなはかえらなかった。

落胆はしたが、おおよその予測はしていた。それは、巣があまりにも粗雑であったからだ。あれでは卵が安全に保たれることは難しいのではないかと、はた目にも心配でならなかった。しかし、結果的には、卵を産んでいなかったようである。途中でかいま見ても見つからず、そのかけらも残っていなかったから。

思うに、彼らはまだ若くて、仮想産卵で愛の巣づくりの練習をしていたのかもしれない。ならば来年の本番が期待できるであろう。笑わずに待つことにしよう。

（六月八日）

イギリス・ネス湖

私のストーンヘンジ

今年のトマトは例年になく育ちがいい。初めに立ててやった支柱の丈を超えそうだ。そこで私は、よりしっかりした竹を数本立ててやった。横棒も入れて補強すべしと思ったが、途中には既にトマトが葉を広げているので、渡しにくい。しかたなく、私の背丈ほども高い所に一本だけ、竹を横にして支柱にゆわえた。

終わってから離れてこれを眺めた。どこかで見た感じがする。タテ線数本の上にヨコ線一本。そうだ、それはイギリスで見たあのストーンヘンジの姿だったのだ。畑の中の竹のストーンヘンジ。ひとりクスリと笑ったが、まんざらでもない。

（七月十二日）

眠ったトンボ

　自分で作ったバンコ（涼み台）で、ひとりビールのコップを傾けていた。刻々と変わりゆく暮色のなかに、蚊を追ってきたのか、数匹のしょうろうトンボが飛び交う。

　しばらくして、そのうち一匹が、低いツゲの枝に止まって垂れ下がった。そして、あとはもう羽根一つ動かさない。今夜の宿をここと決めたらしい。

　子供のころ、庭梅《にわうめ》の枝に垂れ下がって眠っていたトンボを、それこそ手に取るように、難なくいっぱい捕まえた。「寝ているトンボは取るな」。しかるほどでもなく、父にたしなめられたことを思い出していた。

（八月十九日）

廃家

過疎化現象であろう。人の住まぬ家が目立つようになった。その多くは「くど作り」で、わらぶき屋根に格子のある伝統的な家である。

最近、私はそれらの廃家をスケッチするようになった。了解を受けるすべもなく、描いていると、かつての住人の「落ちぶれた姿を描かないで」との声がするように思うことがある。別に落ちぶれたわけではなかろうが。

この間スケッチしたある家は、その二日後に解体され、跡形もなくなっていた。気の毒ではあるが、かつてその家で起こったであろう悲喜こもごもまで含めて、描かせてもらうつもりである。

（九月七日）

柱のきず

ＮＨＫテレビの連続ドラマ「ぴあの」が終わった。なくなる「家」の思い出に「背くらべ」の柱を残そうと話し合うシーンに深く共鳴した。そして、同じように残っている我が家の「柱のきず」を西縁に眺めにいってみた。

七十四年、末娘の背たけは私のへその高さにも達していない。八十四年、三姉妹はついに短足の私を越えることなく、その記録を止めている。家族五人の十年分のきずは、五十本の線として残る。

子供たちはとっくに巣立って、我が家にはいない。他人には無用の、だいじな柱である。

（十月七日）

ワラスボ

ワラスボを妻が買ってきた。歯をむき出しにしていて、時々指にかみつくこの魚を、妻は自分で料理することはない。見た目もグロテスクだ。それでも買ってくるのは、その美味によるのであろう。

しかし、その日の料理はすでにいっぱい作っていた。そこで思いついたのが、このワラスボを干物にしようということだった。

はらわたを出し、えらから口へとひもを通した。たった一網《ひとなわ》だけど高々と小春日和に干した。子供のころ親がしていたことのまねごとをするのがうれしい。あの大量のワラスボを干していた母は、いったいどれほど指をかまれただろうか。

（十二月八日）

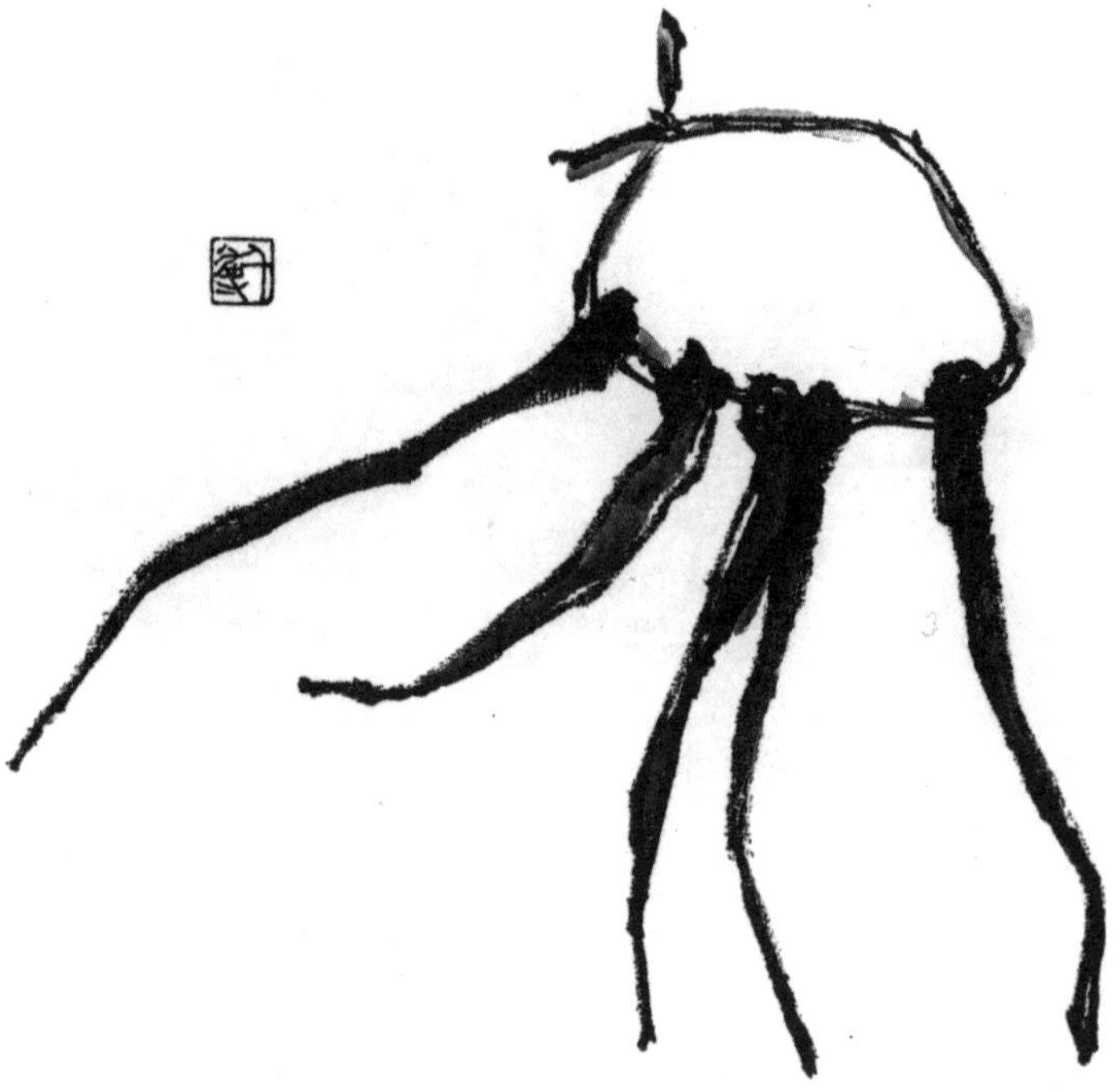

［一九九五年］

煙のにおい

寒い朝起きるのは大人の今もつらい。子供のころはなおさらだった。布団の中でもじもじしていると、「さ、起きろ！」と、おふくろが火にあぶったメリヤスのシャツを持ってきた。そのシャツがやせた肌になんと暖かかったことか。

かまどにわらを燃やして飯を炊く多忙さの中でしてくれたおふくろの甲斐がいしさ。それは、子供の私に布団を飛び出る元気を与えた。そして、その年齢を越えた大人の私にもなお与え続けている。

あのとき焚き込められていたわらの煙のにおいは、もうめったに出会うことはないが、何にもまして芳しい香りなのである。

（二月一日）

たき火

ある夕暮れどき、近くの空き地でたき火をした。風が少し出てきたので、最後まで付き合うことにした。柿やスモモの木をせん定した細い枝は、切り口から樹液を出しながらもよく燃えた。どっかりと腰を下ろしてたき火に向かうという久しぶりの姿勢が、幼かったころのその感覚をさまざまに呼びさましてくれた。

火のついた一本の枝を手に取り、クルクル回して火の輪ができた喜びは、ご飯を炊くかまどの前でのことだった。体の前面はほてっているのに、背中に寒い風を感じるのも昔のままに、しばらくじっとそうしていた。

（三月十五日）

老松の街

娘が千葉で結婚式を挙げた。式前後にいっときなりとも共に過ごそうと、妻と一緒に市川市にある娘の部屋を訪れた。

滞在した四、五日間、駅から娘の住まいまで、バスに乗ったり歩いたりして何回も行き来した。ずっと続く町並みの中に、間隔を置いて大きい松の木が三本ほどそびえているのを見て、この通りに古い歴史と親しみを感じた。

その大きい幹は歩道の真中にでんと構えており、人はそれをよけて歩いている。私はゴツゴツした木膚をなで「がんばれよ」と声をかけた。そして、娘の新しい生活の場だと強く意識した。（四月八日）

落ちこぼしの花

昨秋、妻はプランターにアネモネの種をまいた。珍しく可愛がるものだから、すぐ芽が出てスクスクと伸びた。しかし早過ぎた成長のためか、花をつけることなく、正月前には枯れてしまっていた。

そのプランターを置いていた付近は芝や小さな草が芽吹いたが、最近になってその緑の中から、小さな赤い花が咲き出てきた。可愛いアネモネだ。十分な伸びではないが、精いっぱいの開花は、私の不精のために茂った全緑のなかで、まことに生き生きとして鮮やかである。

その花が、妻が不用意に「落ちこぼした」一粒の種だったことは言うまでもない。

（五月二日）

緑のじゅうたん

腰を痛めて草取りをサボッていたら、コスモスを植える空き地が草に覆われた。春先からびっしりと地面を敷きつめたのはウマゴヤシだった。

少し腰痛が好転したので、除草にかかった。ほふく性のあるウマゴヤシは、互いにからみ合って広がり、見事なじゅうたんとなっていた。私はそのじゅうたんの端っこをめくり、くるくると巻きながら、根を切っていく方法を思いついた。

しばらくして、じゅうたんをめくったあとには、待ってましたとばかり、雑草とともにコスモスが芽を吹き出した。自然はまた、新しい装いへと動きだしたようだ。

（七月四日）

娘の借間

　三人の娘たちが、学生時代から社会人になった今までに住んだ借間は、たぶん十年間で計十九カ所になる。不思議なことに、われわれ夫婦は、そのほとんどを一回は訪ね、狭い部屋に無理して泊まってきていることを思い出す。

　先日は、次女が一回目に住んでいた板《いた》宿《やど》のコーポに行ってみた。周囲は震災後の空き地や放置された家屋が目立つ中で、そこは無事に立っていた。近くの病院や店屋など、懸命に思い出しながら三人で歩いた。親戚でもないのに、これらの地名がニュースにでも出てくれば、これからも、ハッとし続けることだろう。

（八月十六日）

八月の姥おどし

さすがの猛暑も、八月の終わりのころにはひと息入れる。

今年も「タオルケットだけでは寒か。窓を閉めて……」と言わねばならぬ夜が確かにあった。異常気象の多い昨今でも、八月中の冷気の到来は一回はあるものだ。そんな時、母がよく言っていた「八月の姥《うば》おどし」という言葉を思い出す。

老女がいちばんに冷気を感受し、厚めの夜具をさがす。そのあわてぶりを「姥おどし」と自嘲的に言っていたようだ。こっけいにすら思えるが、自然の空気のままに動こうとしていた「暮らし」がほの見えて懐かしい。

（九月一日）

曲がった道

用事で杵島山のふもとまで行った帰り道、いつもは通らぬ道へとスクーターのハンドルを向けてみた。間もなく私ははっとしてスピードを落とした。狭いわが町内に、まだこんな場所があったのかと。

小さな集落への小さな道が、緩やかに曲がって、生け垣の茂みに隠れて先が見えない。見えない先はゆかしいものだ。さらに進めば、小道はまた反対に曲がっている。両側にはコスモスの花。その下を流れる小さな堀で、コイかフナかナマズか、ゆるやかな波紋を作って逃げた。

行き止まるのだろうか、道のかなたに六角川の堤防が直角に横たわっていた。

（十月二十五日）

佐賀市兵庫町

参道の栗

「肥前鳥居」をスケッチしに、牛津町内砥川の八幡宮に行ったのは十月の中ごろだった。ため池のそばの長い参道は、両側に秋色を見せ始めた木々を並べて静かだった。中ほどに来た時、私は足元に一つの栗を見つけた。つやのある奇麗なものだった。途端にキョロキョロしだした私は、草の根まで分けて、なんと二十一個もの栗を拾ってしまった。何食わぬ顔で二の鳥居まで来た私は、近所のおばあさんらしき人に出会い、とっさに帽子を取って深々と頭を下げていた。ポケットの膨らみに気づかれないようにというのが主な理由だったと、まだ思っている

（十一月十五日）

佐渡島

連絡船

間もなく師走というころ、呼子町小川島に渡った。出発を待つ連絡船の中には二十人ほどの客がいた。そこに若い女性が入ってきた。久しぶりに島へ帰るのだろうか、知り合いのおばさんを見つけて早速話がはずんだ。「もう恥ずかしい。こんなに太っちゃって」。若い人のイヤリングが揺れる。「なによ、そのくらい。女は太っていなくちゃ魅力のなかとよ」

島の人口はどれくらいあるのだろう。観光客以外の船の客はみな知り合いかもしれない。もう家族でも言ってやれないようなことを言ってくれるおばさん。私までもがホッとした思いだった。

（十二月六日）

［一九九六年］

南仏・モンペリエの教会

アルルのはね橋

昨年の大みそかはアルルにいた。

郊外にゴッホの絵「はね橋」の復元があるというので留学中の長女の案内で見に行った。バスがなかったので、一行数人で歩くことにした。

三十分ぐらいで行けるだろうと勝手に決めた道の両側には、歴史を感じさせるプラタナスがずっと並んでいる。枯れたポプラと糸杉と赤い屋根は、多くの画家たちによって知らされたままの風情だ。

だが目的の橋はなかなか見つからず、ようやくタイムリミットのころ、遠く道もないところに、それらしき黒い棒を認めただけだった。でも「アルルのはね橋」は、それでよかったような気がしている。

（一月十七日）

パリ

モナリザの笑み

念願のルーブル美術館に行った。見たいものが多い中で、初対面のモナリザには少なからず緊張しながら回っていた。そろそろだという部屋で山のような人だかり。私はその横にジョルジョーネなどのルネサンスの巨匠の作品を見つけて、いたく感動した。それは人だかりもせず、わざわざ人だかりの中で見なくてもと、じっくり眺めて次の部屋に行った。

あとで、あの人だかりのところがモナリザだったのだと聞き、急いで後戻りしなければならなかった。ようやく会えたモナリザは「この知ったかぶりが……」とでもいうように変に笑っていた。

（二月一日）

雪の落ち着き

日が照りながら雪が舞う。遠い山から吹き流されてきたのかもしれない。それはまことにせわしげな春の雪だ。

でも、どんな雪でも、なぜかそれは私を和ませてくれる。あれもしたい、これもしたいとの思いをふっ切って、静かに腰を下ろさせてくれるから。

あの一年中働きずくめだった親たちも、雪の日だけは家にいた。障子を抜けてきた雪明かりの中で、正月のもちを火鉢の炭火で焼いていた。雪がくれた臨時休業に、親も子も静かな落ち着きを覚えていたのだろう。その親たちも去って久しいが、雪はたまに昔のごとく降ってくれる。

（三月五日）

青ビッキ

草を取っていたら朽ち葉の下から、青ビッキ（カエル）が跳んで出た。彼は冬眠さめやらぬ面持ちで、もう一回跳ねた。そのジャンプが悪かった。堀の中へ落ちてしまったのだ。堀ぐらい、と思ってはならぬ。コンクリートの護岸は一メートルも切り立っているのだ。のぞき込んだら、案の定、彼は苦闘しては、だらしなく四肢を投げ出しているではないか。青ビッキはもともと水には住まぬ。

いくばくかの責任を感じ、竹竿をそっと降ろしてやると、彼はしっかりとしがみついてくれた。青葉が茂ったら、今年も澄んだ声を聞かせてくれるだろう。

（四月五日）

猫の権利

　遅かった春が急に初夏の装いに変わっていた。少し山を登った家の通路は赤、白の花に囲まれていた。

　でも、私の足は玄関の手前ではたと止まった。真昼の陽の下で、白黒の猫がのんびりと眠っているのだ。そして、近づく私に決して道を譲ろうとはしなかった。私は何回も「シッ」と言ってみたが、様態に変動はない。私は一瞬ムッとした。が、しばらくして思い直した。そうかよそ者のおれが、猫だからと何で追いやる権利があるのか。猫の先住権をようやく悟った私は「すまん」とつぶやきながら用心して彼をまたいだ。

（五月十六日）

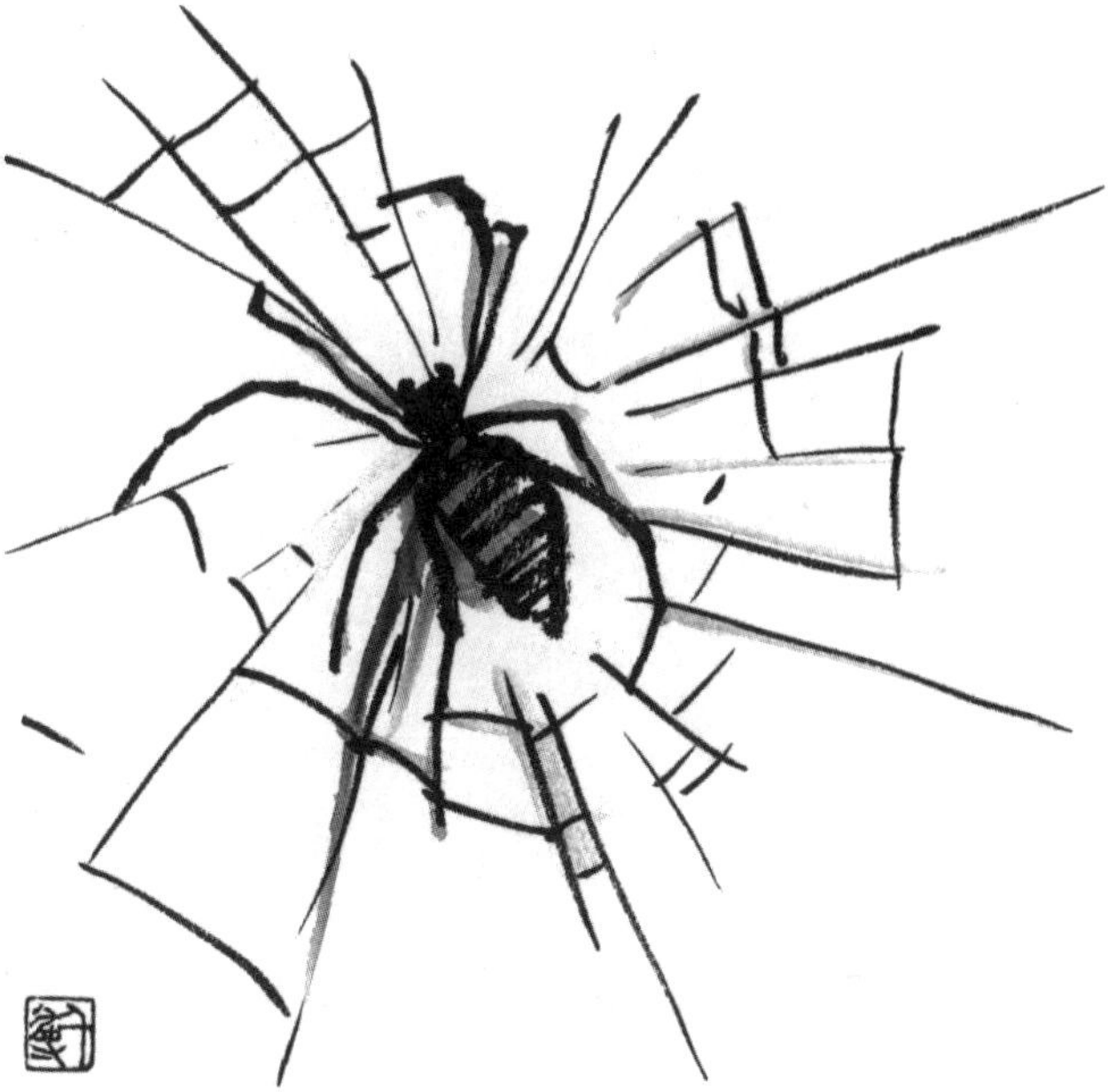

朝のセミ

朝、カエデの間でクモの巣が揺れている。大きなクマセミが一つもがいている。あの大きさなら、糸が切れて逃げられるだろうと思ったが、なかなか切れない。

「助けてやろうか」。一瞬心が動いたが「待て！　せっかくの獲物にほくそえんでいるであろうクモはどうなる」と他の心が言った。

「自分より小さいのを食えばいい」

「われわれも、自分より大きい牛を食い、ライオンは象だって食う。選択は自由だ。自然が仕組んだ法則に変な手出しはよくないぞ」。しばし葛藤《かっとう》。私は自然派にくみして、朝食へと向かった。

（八月七日）

雄花だって

遅まきのキュウリが珍しくよく育った。夏の終りの朝、畑に行くとその雌花が数個も咲いていた。しめしめと思いながらよく見ると、雄花が一つも咲いていない。だいじょうぶかなと心配になりながらあたりを見回すが、どこの畑にも、もうキュウリは植わっていない。ハチさんやチョウさんがどこからなりと花粉を運んできてくれるだろうとまかせることにした。

四、五日後行ってみると、やんぬるかなせっかくの雌花はこぞって結実することなく黄色く朽ちかけていた。たった一つの雄花の必要性をこんなに感じたのは初めてのことだった。（九月三日）

黄金のユキヤナギ

玄関脇にユキヤナギが植わっている。花は年に一度しか咲かないが、あのこぼれるような清そな白を期待して、いつもせん定を怠らない。切ってすぐ出てくる新芽の緑も捨てがたく、花の咲かぬ大半の時も結構玄関を飾ってくれている。

ところが、十月に入って間もない雨後の朝、私は、そのみずみずしい枝々にいっぱいついている花を見つけた。形、大きさは本物そっくりの可愛さだが、色はなんと黄金色である。

一瞬、アッと思ったが、すぐ謎は解けた。ユキヤナギの上に大きなキンモクセイが高く枝をかざして花をいっぱいつけていたのが昨夜の雨で散り落ちたのだと。

（十月二十三日）

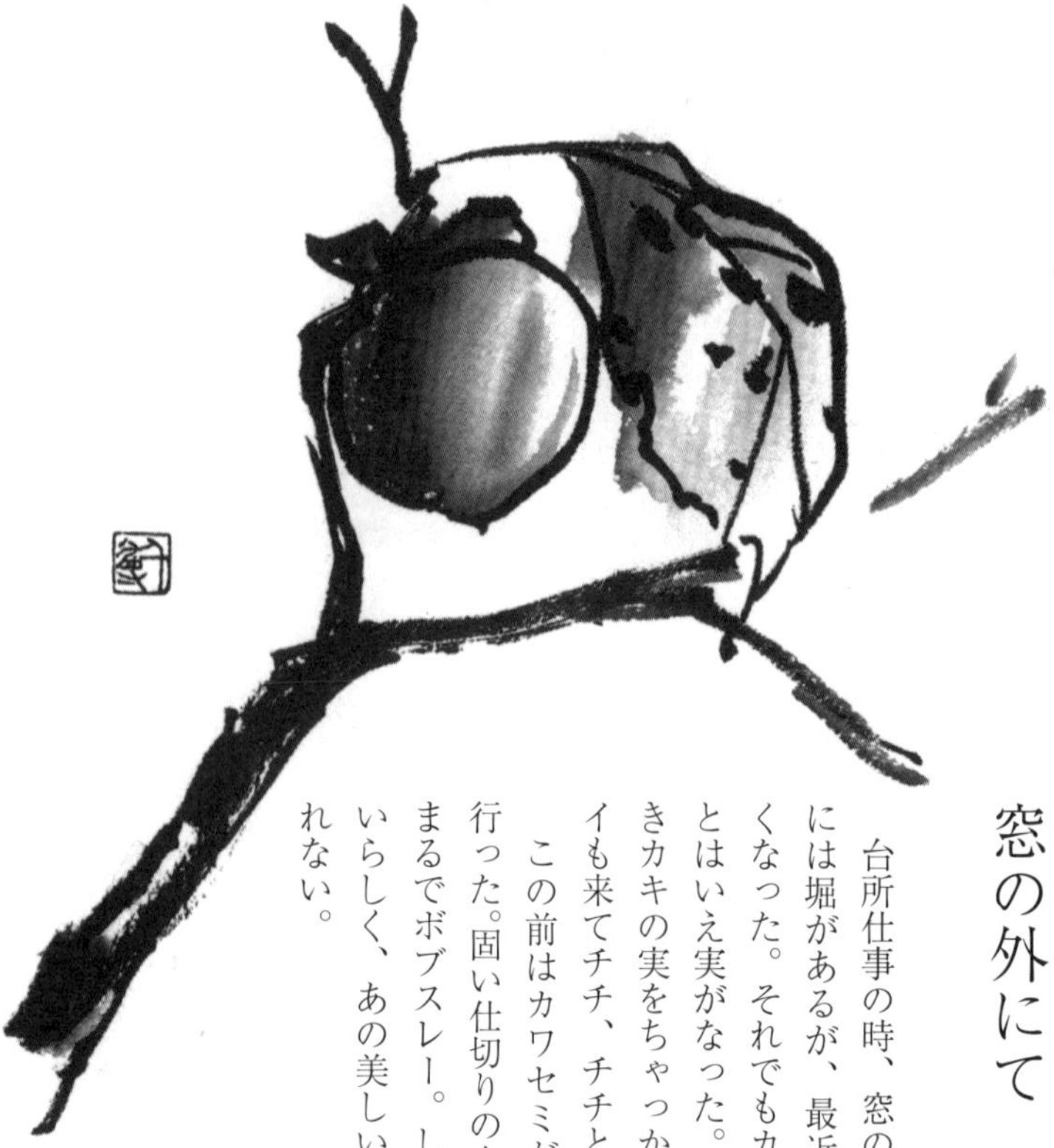

窓の外にて

台所仕事の時、窓の外を眺めるのが習性になった。そこには堀があるが、最近コンクリートで覆われて情趣《じょうしゅ》がなくなった。それでもカキやカリンの木には、今年も少ないとはいえ実がなった。カラスは、われ〳〵が見ていないときカキの実をちゃっかりつついている。ノビタキやセキレイも来てチチ、チチと秋を告げている。

この前はカワセミがコンクリート護岸のなかを飛んで行った。固い仕切りの中をすごいスピードで飛び行く姿は、まるでボブスレー。しかし〝彼女〟はその競技が好きでないらしく、あの美しいひすい色を窓の外に再び現してはくれない。

（十一月十二日）

六角川堤防

幻の稲小積み

稲束のもとの方を四方に広げ、穂の部分を重ねて積む「四方小積み」。佐賀平野の冬の風物としての造形美であった。私は、久しぶりにある農家の周りの田にそれを見つけて、いたく感動した。いつかスケッチに来ようと心に決めて……。

それから三週間ほどたった小春日和の日、スケッチブックを手に自転車を踏んだ。少しばかり胸をはずませながら。

しかし、目に入ったのは、その田でいましも稲こぎを終え、後片付けをする人たちの姿だった。そうだ、稲小積みは建物ではない。あの造形美も稲こぎまでのものだった。ちょっとゆっくりし過ぎたのを悔やんだ。

（十二月五日）

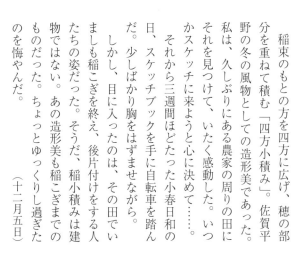

#［一九九七年］

ラジオで便り

岡春夫などの懐かしい歌を交えて、日々の思いの短い便りを紹介してくれるNHKラジオの「私の歌日記」。いつか自分の便りも聞いてみたいと、はがきを出していた。

待つこと久しかったが、年の瀬も押し迫った夜放送があった、と年賀状の文面から知った。埼玉から、東京からなど、いくつかの賀状にあった。「元気で何よりです」と彼らはラジオで知った私の息災を喜んでくれていた。ありがたい「便り」である。

ところが、一番聞きたかった当の本人は聞いていていない。うち続いた忘年会の酒にその夜も私は酔いしれていたらしい。

（一月十一日）

自然の驚異

一月の終わり、思い掛けぬ積雪の朝だった。出産で戻ってきている娘に促されてマフラーを首に巻く以外は、たいした感動もなく駅に向かい、首をすくめてプラットホームに立った。遅れた電車を待つ間、杵島山まで続く田園を見る。芽吹きかけていた麦を覆った白一色の景色にも、雪降りの日なら当然のことと思ってしまう慣れに支配されながら。でも、もしこの隈《くま》なき白銀の舞台装置を人の力、科学の力でするとすれば、どれだけのエネルギーが必要なのかと、ふと考えてしまった。そのことがようやく自然への驚嘆をいくらかでも取り戻してくれたようだった。

（二月八日）

六角川

春の不覚

一雨ごとに暖かくなる季節だ。今までは布団の上にもう一枚重ねていたケットを、さて今夜ものせるかどうかと、ちょっと迷った。迷ったついでに、不覚にも隣のベッドをチラッと見てしまった。妻はどうしているのだろうか、と参考にしたいという意識が潜在していたからだ。

とたんに「何ば見よっとね」と詰問された。妻は、まったく異なる体質、条件なのに、隣に従おうとした私の動作を素早く見破っていたのだ。

日ごろ主張している「主体性」が、こんなところで自分に投げ返されるとは……。

（三月二十六日）

道にタケノコ

　田んぼのど真ん中で生まれ、土や泥を相手に育った。そのためか土が好きである。今住んでいる家の周りも、めったなことではコンクリートにしない。コンクリート護岸や小さな田んぼ道までの舗装には疑問を持つ。

　家の東に二軒もやいの道がある。当然、舗装などせずに地べたのままだ。草取りや並直しが大変ね、という人もあるが、先日は、その真ん中に小さなノースポールの花を見つけた。数日後、こんどはなんとタケノコが頭を出しているではないか。当然でない場所での花やタケノコ。その喜びは大である。

（四月十日）

幟

薫風に武者絵の幟《のぼり》がはためいている。わが家では初めてのこと。三姉妹のうちの一人が男の孫を生んでくれたからだ。といっても産休が終わると、娘と孫はさっさと都会の住まいに戻ったので、主役不在の幟である。しかも、団地用のミニサイズだ。それでも「屋根より低い」幟のはためきに、傍目はばからず自分だけ満足している。でも、孫たちの住む都会では、幟ははやらぬという。後生大事に持参しても「そんなの立てる所はなかよ」と、孫の母親が言いそうだ。そして「じじ馬鹿にも困ったもんね」と、孫に向かってつぶやくだろう。

（五月一日）

本卦還

子供のころ、還暦になった人たちのことを「もう、ホンケガエにないやったばい。うまく返えやぎんよかばってん」などと言っているのをよく聞いた。多分、六十歳になったご老人たちが、鉄棒か何かを返るのだろうと思ったりしたものだ。だから、そのホンケガエはわれわれの地方だけのことで、言葉も方言だろうと思い続けていた。

ところが先月、私も還暦を迎えた。ついでに辞書を引いたら「本卦還」がちゃんと出ているではないか。「本卦」とは、生まれた年の干支のことだ。すなわち六十年たってその干支に還ることだったのである。都会にいる子供たちに、懐かしい言葉で「ホンケガエになったばい」と言ってやろう。

（六月十二日）

みなぐち

雨がどっさり降った。

田んぼの水が、堀に流れ下る場所を見に行ってみたくなった。

子供のころ田んぼと田んぼの間の水の流入、流出を調節するその場所を「みなぐち（水口）」といっていた。あぜ道を五十センチほど切っただけの大事な所だった。雨後、その「みなぐち」を小ブナなどが素早くのぼっていた。取ろうと行ってみるともう猫が待っていたりしたものだ。

今も「みなぐち」と言うのだろうか。それとも「取水口」とか「排水口」とかに変わったのだろうか。私の、水心と魚心の原点は。

（七月二十二日）

早朝のセミ

朝、四時五十五分に目覚ましをセットしていた。朝四時五十五分に目覚ましが鳴った。リンリンリン、リンリンリンリン。

急いで止めた。と、その直後に小さく開けていた窓からカナカナカナ、カナカナカナと、セミの鳴き声が入ってきた。似ている。さっきの目覚ましと実によく似た音色だ。そう気付くと、さては、あのセミは、仲間の鳴き声と間違えたのではと勘ぐった。

しかし、目覚ましは、もう鳴らない。応えるものがないためか、カナカナカナはそれっきり聞えなくなった。ちょっと早すぎたのかな。

（八月六日）

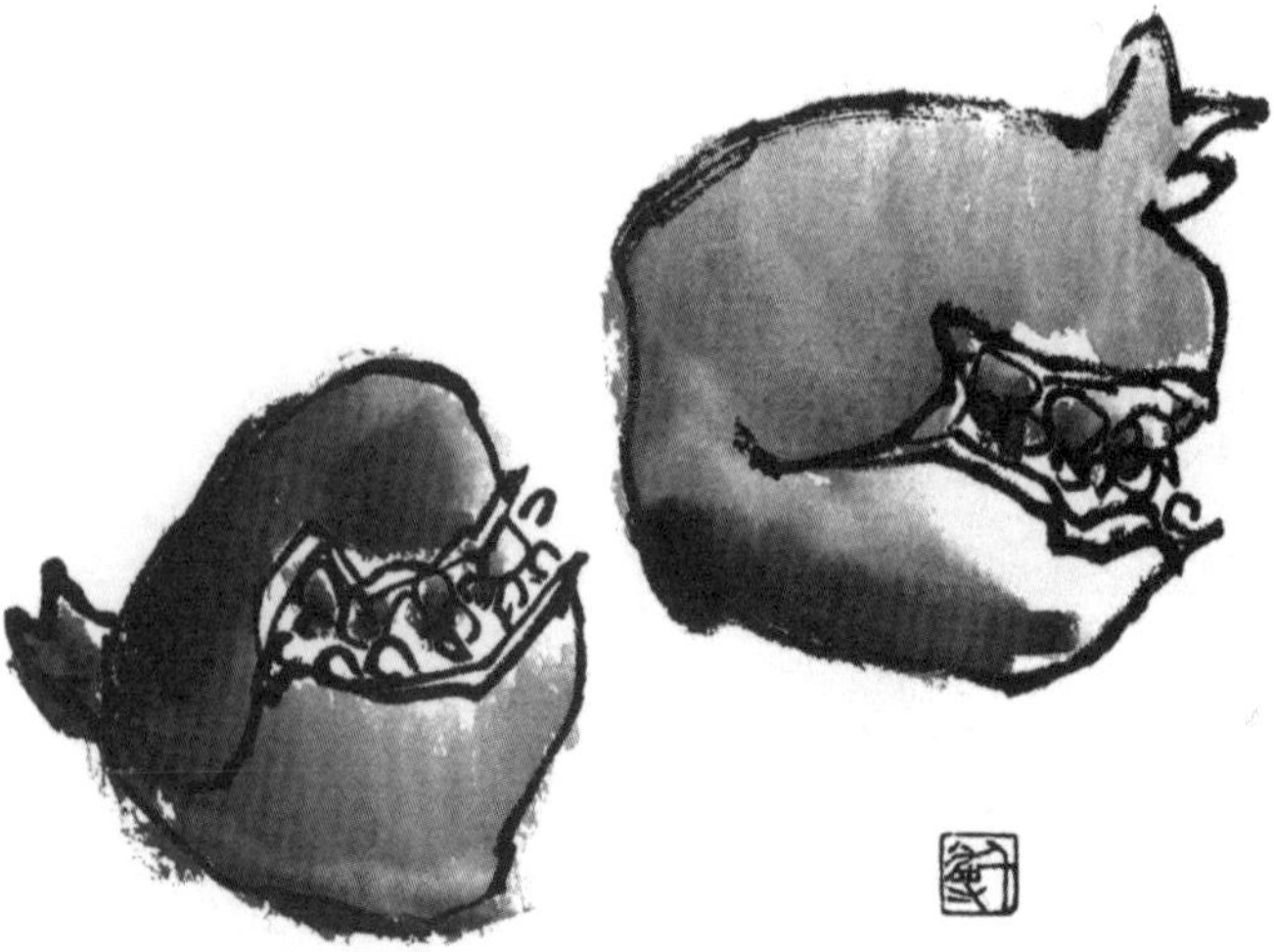

ザクロの少女

西安の郊外に秦の始皇帝の陵はあった。世界で一番大きい墓所だというが、大き過ぎて、山か丘にしか見えない。みんなバスを止めて写真を撮った。真夏の太陽がふりそそぎ、道路ばたにザクロの木々がまぶしく光っている。カメラを向けていると、その木々の間から急に一人の少女が現れた。髪を後ろにひっくくって、はちきれそうなほおをしている。やがて彼女はバスに近づくと、かごからザクロを取り出して「三つ十元」と、みんなにふれた。そのほっぺたは、色づいたザクロの実に負けないほど赤く、健康的だった。

（九月九日）

墓の娑婆

墓を建てた。妻と自分の名前を書いて「建之」と刻んでもらった。そして先日、お坊さんにお経を上げてもらった。秋雨がぼそぼそと降っていた。雨に濡れている御影石の中は寒そうだ。その中に入るのは、一番が自分。娘たちは嫁いでしまえば、ここには入らぬ。とすれば、二人で建てて二人で入るだけなのか。

まあ、先のことはどうでもいいわいと眺めていて、石の模様にホクロみたいなのがあるような気がした。そんな石はよくないと、当の石屋さんが言っていたはずなのに……。気がかりは、いつの間にか娑婆《しゃば》に戻っていた。

（十月十日）

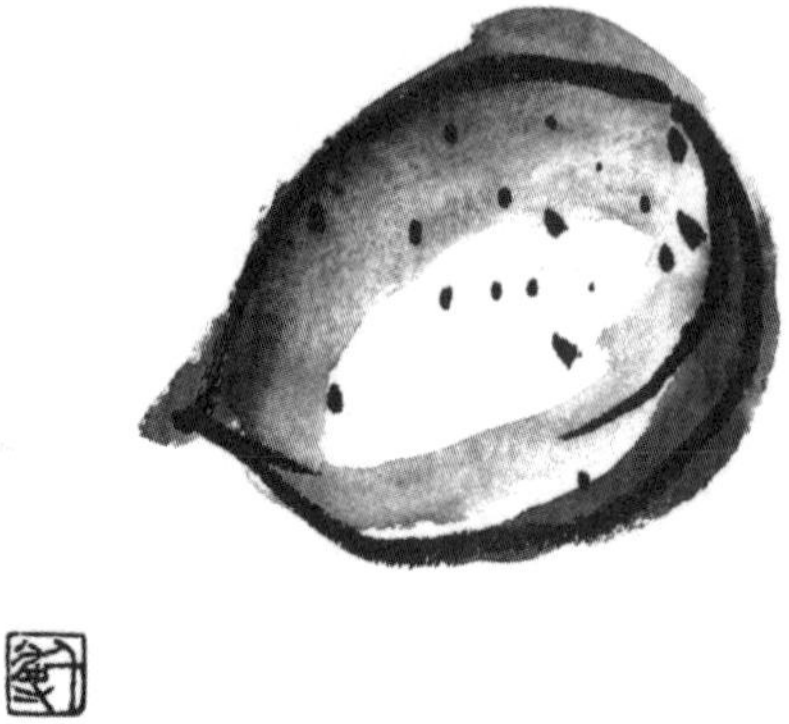

菅原道真

朝一つの梅干しを妻と二人で食った。種が私の碗に残った。見ていると、歯でかみ砕いては中の白い「さね（実）」を食べた子供のころを思い出した。「菅原道真ば食うか」と兄が言っていた。それ以来、梅の「さね」は道真の「さね」と重なって私の記憶を離れない。

　でも今は、これをかみ砕くなど狂気の沙汰だ。私は、小屋へ行くと金槌で叩いた。粉々になった殻の中からひしやげた白いものをつまむと、ハサミで二つにようやく切った。そして「ホラ、道真！」と妻にやった。梅の香と同様清らかな匂いは昔のままだった。

（十一月七日）

四十雀

庭で聞きなれぬ小鳥の声がした。姿は見えぬ。試しに「チキチキ」と、そのまねをしてみた。と、何とすっかり落葉した梅の枝に一羽の小鳥が出てきたのである。雀より小さめで白に黒がすっきりと美しい。おれの鳴きまねはそんなに上手なのかと喜んで、チキチキをさらに連発した。すると、彼女はもっと近づき、眼前の枝まで来てから、夕日の中にパッと飛び去った。

さっそく図鑑で調べてみると、四十《しじゅう》雀《から》らしかった。解説に「とても人なつっこい」とある。なるほど彼女は、人の声だと分かっていたから近づいたのかと、一人《ひとり》おかしくなった。（十一月二十八日）

［一九九八年］

過疎の幸せ

たまに晴れた朝、電車に乗った。ふるさとの駅には梅が、雨滴をつけて白い花を開いていた。

上りの鈍行はがら空きで、ゆったりと一人座れる。車窓からは久しぶりの陽光がまぶしい。雨で徒長気味の麦が青い。

カバン置き独り占めして余りある
電車の座席過疎の幸せ

などと独り善がりの歌を詠む。

確かに人目はばからず、こうして歌を書きつける幸せはある。しかし、電車に乗った時までも他人の目のない座席を懸命に探している自分に気づき、ふとわびしさを覚えるのだった。　（一月三十日）

蠢動

朝起きて勝手口を開ける。ほんとうにほんのちょっとだが、昨日の朝より暖かい。空気が温《ぬる》んでいる。

寒くて冷たい風は透き通って清冽《れつ》だ。それが、ほんの少し温むだけで、いろんなものが混じってくる。庭の白梅や沈《じん》丁花《ちょうげ》や玄関脇のヒヤシンスの香りかもしれない。乳白色に濁った水蒸気の飽和かもしれない。黄砂でも来なければ、ほんとうに濁りはしないけれど、この温度の上昇が、透徹した思いを鈍らせ、生きるもののすべてに蠢動《しゅんどう》を与える。

そんななかで、妻は早くも花粉症で、目にかゆみを感じると言いだした。


（二月二十八日）

百貨店

阪神大震災のあった地に次女の宿を訪れた。朝早く、あたりを散歩していると、日焼けした顔の老人が「百貨店はどこでしょうか」と尋ねた。私が「よそから来ているので分かりません」と答えると、「そうですか」と深々と頭を下げた。

部屋に戻り朝食をすませて、また外に出た。あの老人が、まだ付近を歩いている。さっきのことを娘に話した。「百貨店などないのに」。娘はぼそっとつぶやいた。そう、震災と関係なくとも今ごろ「百貨店」などと呼ぶ店はあまりあるまい。しかし、それを探しているあの老人の身の上を、私は、今も時々思う。

（四月十四日）

六角川

落ちた電算機

たいした仕事はしていなくても、四月ともなれば、ちょっとした計算ぐらいはしなくてはならぬことがある。そんな時のこと、めったに使わぬ電算機を棚から取ろうとして床に落としてしまった。

こりゃあ大変だ。計算するしか能のないやつが、打ちどころが悪くて狂いはしなかったか。すぐさま12×4と押してみた。48と出た。安心した。でも、オレが暗算出来るくらいだから出来たのかも知れぬぞ。もっとむずかしいのはどうだろうか。そう思うと、今度はムチャクチャ大きな数を掛けてみた。即座に膨大な数字が並んだ。しかし、それが正しいかどうか、私には分からなかった。

（四月二十八日）

竹の秋

裏庭に竹が生えている。今年もタケノコを随分食べたが、何本かはいつの間にか屋根程の高さに伸びてしまった。皮を脱ぎ捨てたばかりの青い肌は、みずみずしくそう快である。自らの葉や根はほとんど持たずに、一瞬のうちに親の背丈まで伸びる若竹のエネルギーはいったいどうしたものなのか。そう思いながら、夕刻、風呂に入っていたら、開け放った窓から何やら舞い込むものがある。湯に浮かんだものは黄褐色に枯れた竹の葉二、三枚であった。そうか、あの若竹をけんめいに育てた「竹の親」の葉なのか。私は静かに湯船に身を沈め、じっとその葉を見つめた

（五月十九日）

電線の子ツバメ

雨もよいの空をバックに、五羽のツバメが電線に止まっている。少し飛んではすぐまた舞い戻る。見ていて、昨日今日どこからか巣立って来た子ツバメだとすぐ分かった。そう思うと、なるほど広げた翼もやや小振りだ。

と、そこへ親ツバメらしいのが元気よくやって来た。五羽の子ツバメたちは一斉に口を開けてその方を向く。巣の中でしてきた通りに、餌《えさ》をねだっているのだ。あと何日の親子の営みであろうか。

それを見ながら私は、数日前送ってきたビデオで、娘が懸命に孫の口にごはんを押し込んでいるのをふと思い出していた。

（六月十六日）

スイカとカラス

あまり立派ではないが、季節ごとの菜園の野菜が食べられるのはうれしい。なかでも、スイカが成り付いたのは、ひとしおの楽しみだったのだが……。

紋様も濃くなったころ、表皮に爪でほじくったような傷が二本刻まれていた。

「カラスですよ」と隣人も屋根の上を指しながら残念がってくれた。

私はセロテープを張りつけて〝人工皮膜〟を作ってやったと、少々得意気だった。だが、熟すころスイカの中身はズブズブに腐っていた。どのみち全部カラスが食べとればよかったのに、と思ったのは負け惜しみだったのであろう。

（七月三十日）

青ガエルの突っ張り

わが家の庭には水道がある。その栓の上に小さな青ガエルがちょこんと乗るようになって、何年もたつ。ことに熱暑の夏は、気持ち良さそうだ。こっちが使用する時は、彼は隣の木の葉に移るから、別に彼の居住権を奪う積もりはない。

しかし、先日は違っていた。栓に手を出しても、彼は移動しないのだ。それどころか、私の指に小さな手をかけさえしたのだ。「じゃまだから、これのけろ」という意思を、私はその手の力みに読み取った。しかし、のどをひくひくさせながら突っ張る彼に、私は自分の全力を投入する気にはなれなかったのである。

（九月十八日）

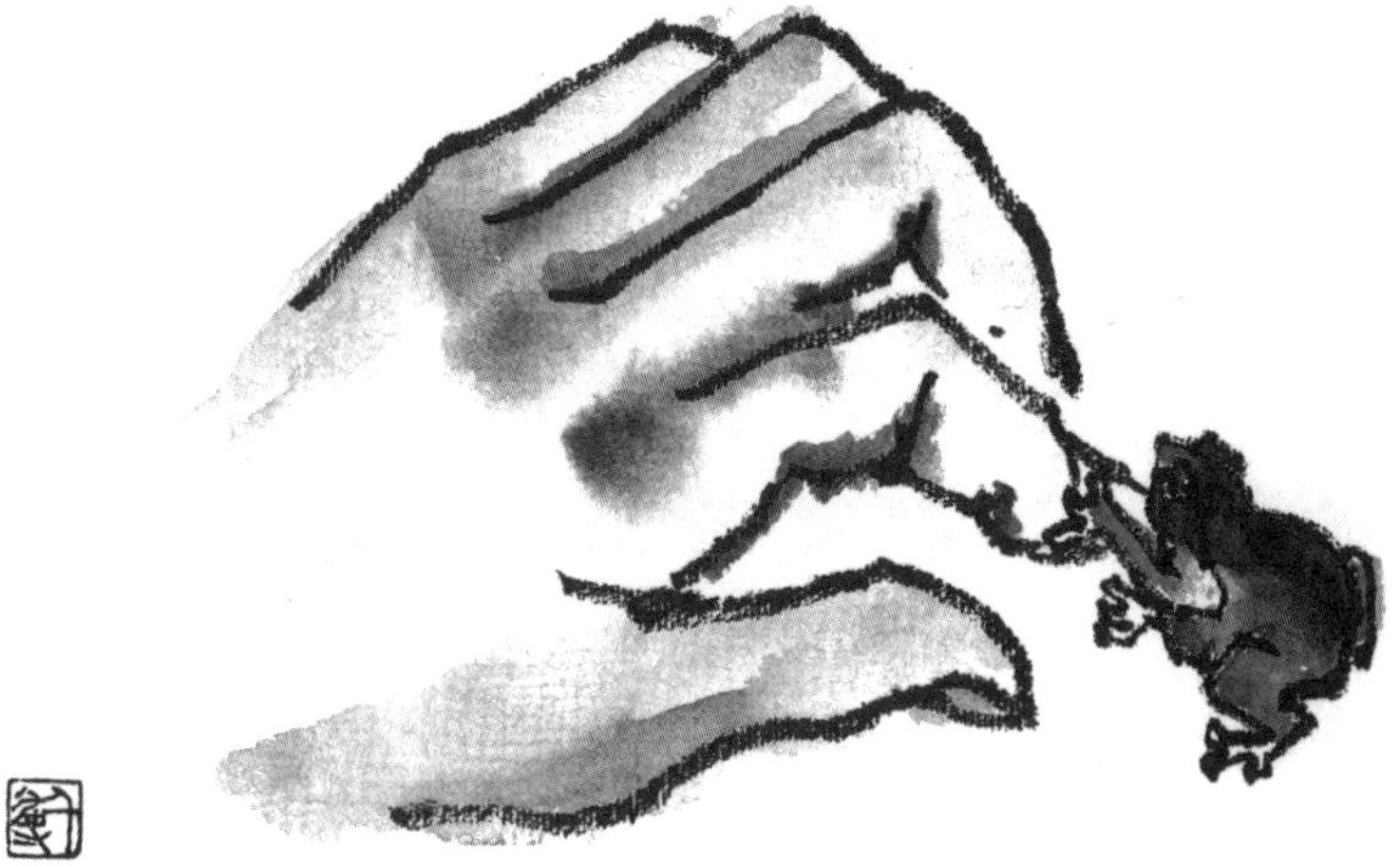

網戸のヤモリ

夜、網戸の向こうにヤモリがやって来る。明かりに寄って来るガやツマグロを狙ってのことだ。ペタリと腹ばいになったその姿は、大昔の恐竜に似ているのが楽しい。獲物を見つけ、少しずつ頭をそちらに向け、小刻みに距離を詰めて行く。緊張感が伝わって来る。次の瞬間、電光石火の動きで虫をくわえ、知らぬ顔をするのも面白い。しかし、彼は時に部屋の中の私の動きによって網戸の枠に隠れねばならない。そして、枠からそっと顔を出して、こちらを見る。夏、孫に会いに行った時、早朝、そっとドアを開けて私をのぞき込んだ孫のようにして。

（十月五日）

ショウの強か

友達がアカガイをたくさん取ったと電話したので、もらいに行った。おくんちの料理に欠かせぬものだったが、もうおくんちは過ぎていたので、朝のみそ汁にした。おいしい、おいしい、と懐かしがっていたら、妻が自分の分まで私のわんに入れてくれた。ところが、昼過ぎになって、腹具合がおかしくなった。そこで思い出したのは「アカガイはショウの強か」と子供のころ親たちに言われていたことだった。消化しにくいという意味だったらしい。おいしさは覚えていたけれど、それぞれに、それぞれの言葉があったことを、つい忘れてしまっていたようである。

（十一月十日）

洗いたてのドングリ

孫の顔見たさに末娘のいる関東まで行った。「ちょっと離れているが、いい公園がある」というので、孫も一緒に自転車で行った。池にはアシが枯れかかり、カモが浮いていた。コンクリート製でないいすにお年寄りが新聞と牛乳をそばに腰掛けていた。われわれを見ると、ドングリを拾ってきてやるから、と立って行った。しばらくして戻ると「今朝みんなが落ち葉を掃いたので、一つしかなかったよ」と、大きなのを孫に差し出した。それは、水道で洗ったらしくキラキラ光っていた。娘が「いい公園」と言った意味が分かったようで、うれしかった。

（十二月十一日）

［一九九九年］

思い込み

短い冬日の温もりのなかで草取りをしていた。草は小さいが、春に備えて根を張り、なかなか抜けぬ。じっと同じところにしゃがんでいると、二メートルも離れない先に一羽のノビタキが舞い降りた。さかんに尾を振り地面をついばむのは、わが存在を無視したのか、害を与えぬ心優しき者と認めたのか。

たぶん後者であろうと思うと、急にノビタキに親しみを覚え、ねず鳴きをしてそのまねをした。多分その声に答えてくれるものと信じて。しかし、彼は、その声ゆえに私の存在に気付いたようで、あわてて隣の屋根までも越えて飛び去った。

（一月二十八日）

ナメクジ

漬物にしようと高菜を切って干したのは三月のうちだった。いつもは二重三重の葉のなかにナメクジが杏仁形に丸まって、いっぱい入っているものだ。警戒しつつ開いてみた。ところが数十株中なんと二、三匹しかみつからなかったのである。手間も省けて一安心はしたものの今年はなぜ入っていないのかと不安になってきた。農薬を使ったわけではないのに。ダイオキシンの発生源もないはずだがと。そして四月、残りの分を切った。中をめくったら杏仁形《きょうにん》は例年通り多くいた。顔をしかめて二つ、三つと爪ではじき飛ばしながら、どこか安心していた。

（四月十五日）

みそ漬けの味

竹があれば山でなくても竹の子が出る。四月の終わり、裏庭は竹の子兄弟の勢ぞろいだ。もう少し時期を違えて出てくれたら年中食べられるのにと思いつつ隣家に配ったりする。

そのうちなんとか保存の方法はないものかと考えたすえ、ゆがいてからみそ漬けにしてみた。大根もキュウリもニンジンも菜っぱさえもみそに漬ければみなおいしいことを知っているからだ。結果はやはりグッドだった。細く切って食べながら、昔、叔父の口ぐせだった「砂糖ば入れるなら甚八傘でもおいしか」との皮肉っぽい言葉を思い出していた。

（五月十一日）

無花果再生

昨秋、無花果《いちじく》は霜枯れて葉を落とした。それにつれて、遅れて葉のつけ根についていた花托《かたく》も小さいまま色枯れた。もちろん花托内のあの小さな無数の花を咲かせることはなかっただろう。形だけ出来て、成熟することなく終わるであろうものの寂しさを寒風の中で感じたものだった。ところが、春のいぶきが新芽を吹くころ、あの褐色に萎んだ花托が膨らみだしたのである。そして今は大きな葉に負けない新緑を装い成長している。それが無花果の習性かどうかは知らないけれど、二年もかかって熟する実を、私はどんな気持ちで食べたらいいのだろう。

（六月十五日）

間

テレビで「腰痛」の話があっていた。大学の先生が質問に答えて「腰痛は人間が直立歩行するようになったからで、四つ足の犬や猫は……」と述べた後、なかなか次が出てこない。司会者やゲストたちが、しびれを切らしたように「腰痛は起こらない」と口をそろえて続けた。先生は、その勢いに押された形で「そうですね」と答えた。しかし、そんな簡単な結論に、なぜあんなに長く間をおいたのか。先生は何か条件をつけたかったのではなかろうか。

「近ごろはペットなどには起こることもあるが」などと。間をとるのも難しいが、間を聞くのも難しいようだ。

（七月三十一日）

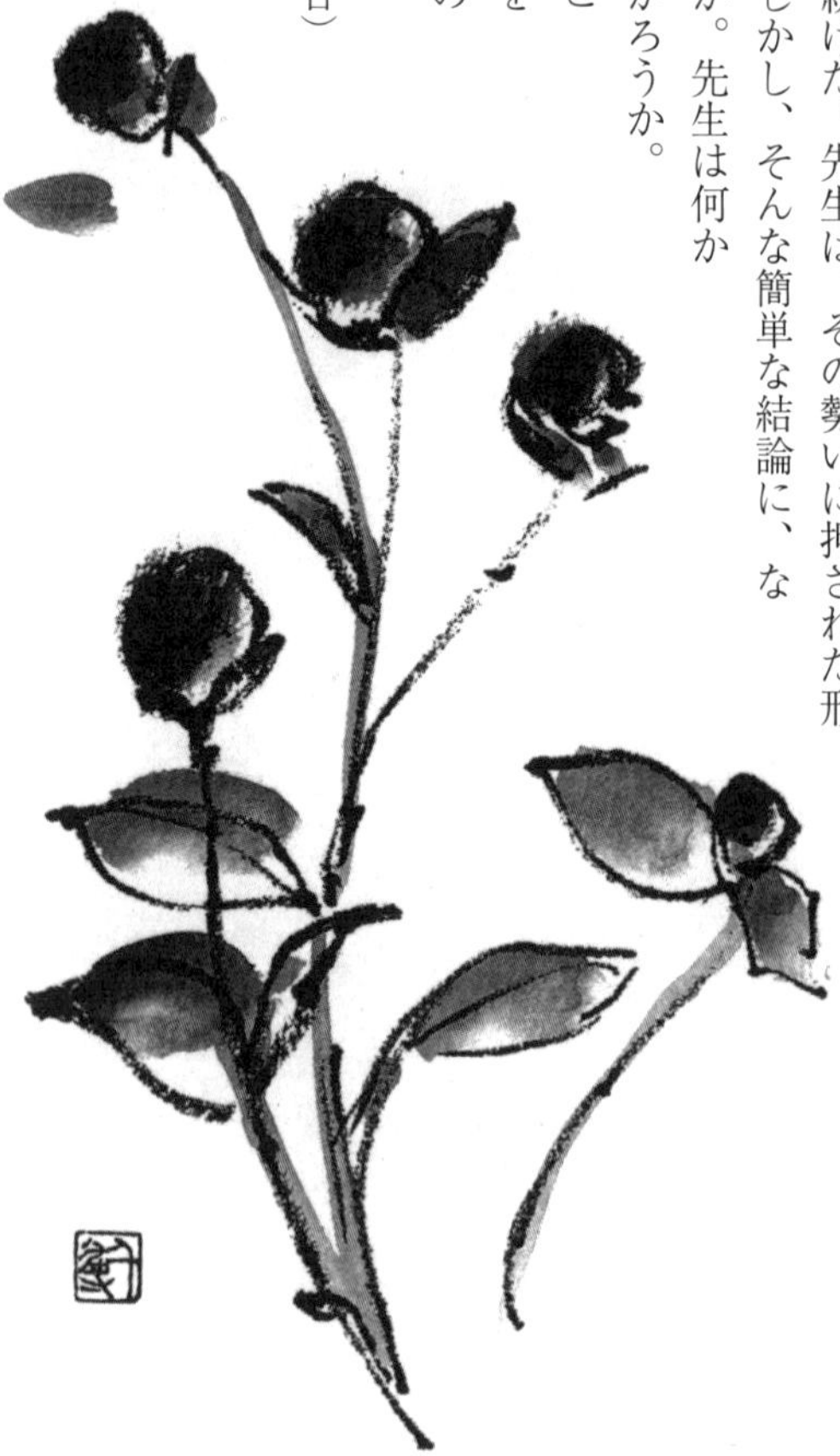

「すみれ」の語源

庭で草を取りながら考えた。なぜ、すみれは「すみれ」というのだろうかと。そして、鶴は「つー」と飛んできて「る」と松に止まったから「つる」というのだという落語があるが、それにまねて、すみれは庭の「すみ」に咲いているから、すみれというのだということにした。でも、それでは「れ」の出所が不明だ。そこで仕方なく「れ」と咲いていることにした。すると、あの花の姿がなんとなく「れ」に見えてきた。こんな話をある人たちが面白がってくれた。しばらくは得意気であった。でも、また本当の語源は何だろうと考えている。だって、だましっ放しでは気が引けるではないか。

（八月一日）

ヘビとイチジク

イチジクの木に小さなヘビがとまっているのを見つけたのは四日も前のことだった。連日の雨を避けるかのように、広い葉陰をじっと動かない。いま追っても、雨のなか行くところもなかろうと、そのままにしていたら、翌日も、また翌日も少し向きを違えるだけで、その位置は変わらない。アダムとイブがヘビに誘われて禁断の木の実を食べ、楽園を追放されるとき、初めて知った差恥心のため裸の前を隠したのがイチジクの葉だったという。そんな話を知ってか知らずか四日目のいま、まだヘビはイチジクの葉陰を去っていない。

（八月三十日）

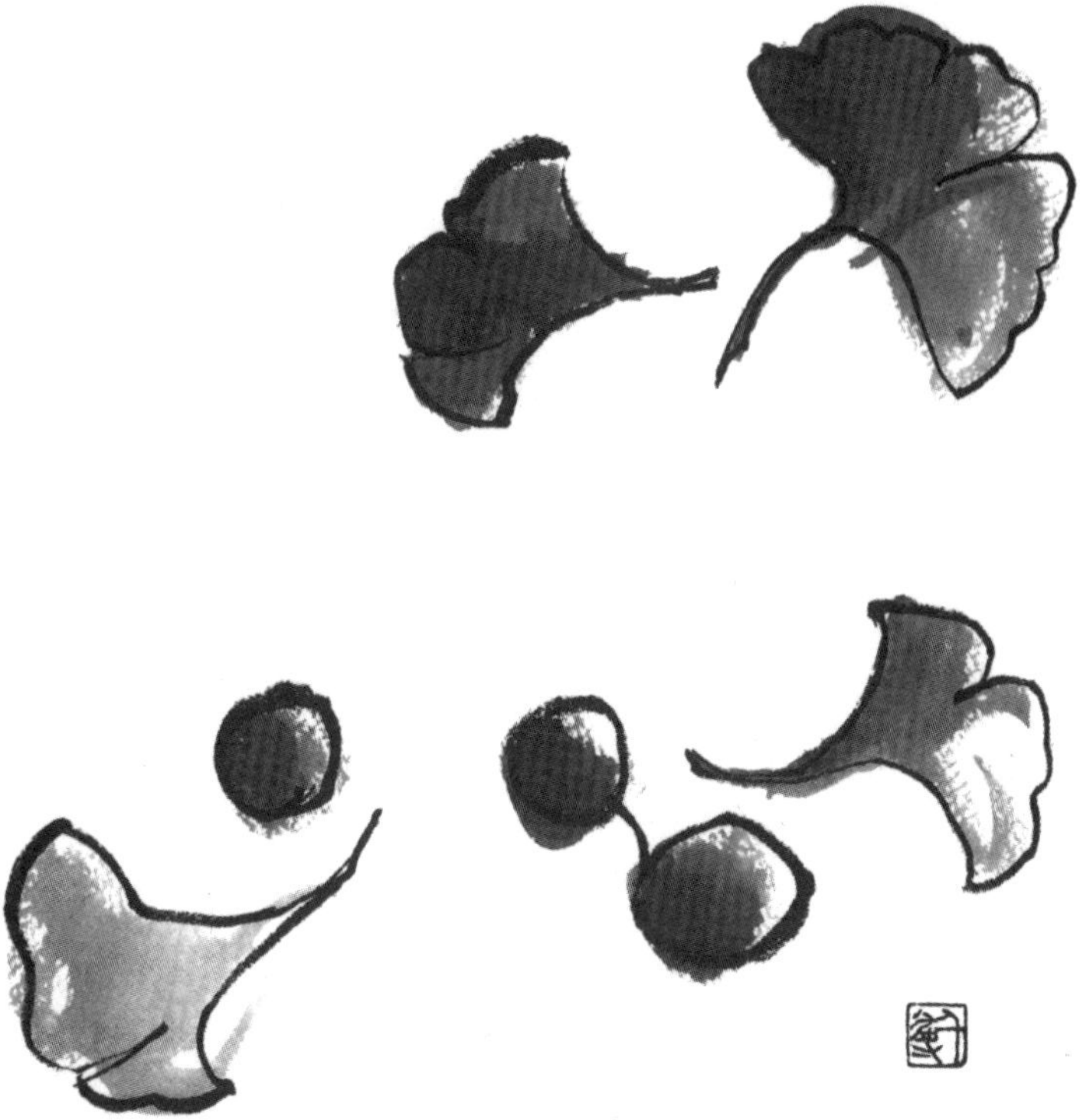

ギンナンよ…

佐賀市文化会館にミュージカル「ブンナよ木から下りてこい」を観に行った。入場前、階段の手前で昼食にサンドイッチを食っていると、足もとにギンナンの実が落ちていた。見上げると大きな銀杏並木が色づいている。数個拾ってから観劇した。

帰りに車の空くのを待つあいだ、駐車場よこでまた拾いだした。少し拾うと癖になる性分なのだ。サンドイッチの入っていた袋に小さいけれど三、四十個は拾ったようだ。妻と二人で人目もはばからず、「ギンナンよ、木から落ちてこい」と声掛けながら。

（十一月一日）

「二〇〇〇年」

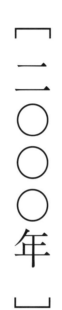

車中の手品師

旅の途中で娘と幼い孫に会い、昼食だけをともにして別れた。羽田空港に向かうモノレールの中で、うつろな目を前の若者に向けていた。その若者はピカピカのケイタイを取り出して私の目を引いた。話すでもなく、彼はそのケイタイをかばんにしまった。と思ったら、上衣のポケットから全く同じようなケイタイを取り出した。びっくりしていると、二、三回ひねくり回して、またかばんにしまった。これでよしと思っていると、なんとズボンのポケットから、またケイタイを出すではないか。たぶん彼は手品師で、孫と別れたばかりの私を慰めてくれていたのかもしれない。（一月十五日）

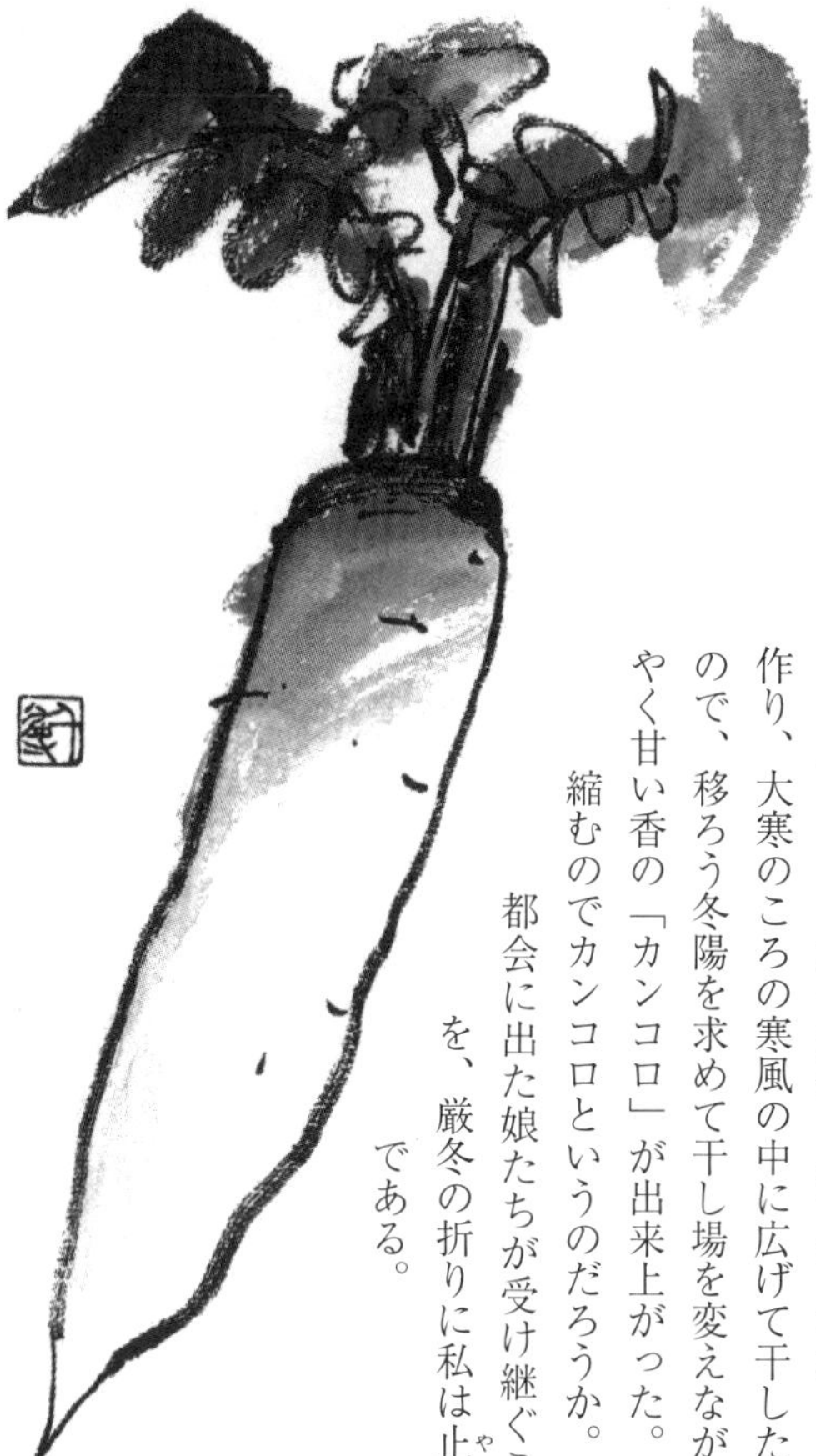

カンコロ

冷たい北風を「わら蔀《しとみ》」でさえぎり、外庭《ほか》にむしろを敷いて座し、母は大根を千切りにしていた。

ちんまりとしたその姿を思い出しながら、私も外に出て千切りを作り、大寒のころの寒風の中に広げて干した。わが家の外庭は狭いので、移ろう冬陽を求めて干し場を変えながら、一週間もしてようやく甘い香の「カンコロ」が出来上がった。寒風の中でコロコロと縮むのでカンコロというのだろうか。

都会に出た娘たちが受け継ぐことはないだろう営みを、厳冬の折りに私は止《や》めることはできないのである。

（二月十日）

遺影の涙

お店の買物にも、実家の彼岸参りにも自転車で走り回っていた義母にふさわしく、うららかな春日の午《ひる》、その葬儀をした。広々と青む麦の中の道を山に登り火葬をすませた。家に帰って祭壇に遺骨と遺影を並べると、だれもが悲しみのなかでほっと我に返るものである。と、その時、義母の遺影の笑っている目から口もとにかけて二筋の涙の跡が見つかった。それは、ずっと遺影を持っていた高二の孫のものだったとはすぐに分かったけれど、だれも何も言わずに黙っていた。会えば、まず、あいさつ代わりに孫たちのことを話していたころの義母の顔が改めて思い出されてきた。

（四月一日）

佃煮の途中

裏庭の竹の子と蕗《ふき》で佃煮を作る。しょうゆ、みりん、酒などでゆっくり煮つづけるだけだ。時まさに春宵。お隣さんの真似をして外庭で夕食をしながらのことである。

妻は娘のお産で不在。一人分の刺し身もなんとなくもの足りぬ。そこで製造中の佃煮を食ってやろうと思った。柔らかく味がしみこみことのほかうまい。佃煮の途中を食うなんて滅多にない贅沢だ。暮れなずむ若葉のシルエットのなかで、ビール片手に時は流れた。そして我に返ったとき、台所から流れてきたのは佃煮の焦げつく苦い匂い。

あの贅沢のために、佃煮の終末を味わえなくなったことを知った。（五月十二日）

ザクロの花

街角でザクロの花を見た。まだ蕾だったけれど、その色は緑のなかで鮮やかだった。彩度の高い純色の鮮やかさではないけれど。

真冬、極彩色の緑のなかで見せる寒椿の赤ではないのだ。あの寒椿の葉に黄色を混ぜたら、きっとザクロの葉の色になるだろう。あの椿の花に黄をまぜたら、ザクロの花の色になるだろう。そこには椿の凛とした威厳と冷たさはない。黄という暖色が混ざることによって初夏の、柔らかい小さな暑さにふさわしくなったのだ。真冬でも真夏でもない、麦秋のころの憂愁を含んで、ザクロの花は人の心を穏やかになでながら、やはり鮮やかなのである。

（六月二日）

大輪はたがために

昨年はじめて月下美人が咲いたとき、夜中に漂う芳香ゆえにかろうじて咲いていることを知った。たった一夜の開花を危うく見損じるところだった。そこで今年は二つの蕾の膨らみから予想して、隣人まで誘って咲くのを待ち受けた。遅々として開かぬ蕾にビールもなくなり、細い月も沈んでしまった。

そして待つこと二時間、ついに純白の大輪は弾力あるカーブを描いて開いた。開ききってはじめて芳香はあたりに満ちた。深夜の嘆息をよそに澄まし顔なる月下美人は、蝶も蜂も、風さえも呼ばない。我々が知らずば、ただ闇に咲き闇に萎《しぼ》んで終わるつもりだったのだろうか。

（八月二日）

いたち立つ

梅雨の早朝、何かに食いちぎられた鯉《こい》の頭が路上に立っているのを見た。ミステリーじみたこの話を、「一つの塊《かたまり》があった」とあるものに書いた。そして、猫やいたちの轢《れき》死体はよく見るが、ぺしゃんこに押しひしがれたそれらは「塊」とは言い難いと付記した。その文章を書いた翌日、あの付近の路上に何ものかがあるのをまた見つけた。近づくと今度はいたちの轢死体で、下半身はへばりつき上半身はそり返って立ち上がっていたのである。何回も車に踏まれ熱暑で干からび、紙のように薄かった。いかに立っているとはいえ、いたちには申し訳ないが、あの薄さではやはり塊とは言えそうにもなかった。

（八月二十八日）

ケイタイの少女

職を退いた妻が地区の「六夜さん」に加入した。お近づきのしるしにみなさんを家に呼んだ。おばさんたちに遠慮して私は家を出た。そして、なんとなく駅に行って、なぜか久大線の「豊後森」までの乗車券を買った。鈍行電車の中では持ち込んだビールをゆっくりと飲んだ。車窓には同じような山と川が走り続けていた。ふと眠気を覚えた頭に乗り越しではとの不安が走った。さっきからはす向かいの少女がケイタイをかけているのがうとましくなった。そう思って彼女を見たとき「……マユミ、こんど豊後森。うん、すぐ降りるから」少女はケイタイにそう言った。

（九月二十二日）

島の墓地

初盆に義父のルーツである島を訪れ、縁者の人に案内されてお墓参りをした。丘の上の墓地は、夏日に照らされて明るかった。いちだんと輝いているのは、上に十字架の建っている新しい墓。仏教のお寺の墓地にキリシタンの墓も同居しているのが珍しかったが、「南無阿弥陀仏」の大文字の上に十字架が刻まれた墓が数多くあったのにはもっと驚いた。

一家族の中に起こった、キリシタン弾圧の波乱か。一生懸命に隠していたことが、ようやく日の目を見た姿なのか。義父の遠い先祖の墓は、ただ古くて小さくつつましげだった。

（十月二十四日）

巻頭カラー頁の随筆評

新学期に思いをはせる「透けた筆入れ」

「透けた筆入れ」は、春の日差しに透ける花びらに、兄からのお下がりばかりで入学した昔、叔父から贈られたセルロイドの筆入れだけが新品だったことをしのんだ作品。幼いころの春休み、新学期に思いをはせた佳作。

笑いを誘うツバメの巣「表札の上の巣」

散歩の時でしょう。農家の軒先で見かけた表札の上にあるツバメの巣について。来年もその表札で間違いなく戻って来ることができると考え、思わず誘われた笑い。だれもが目にしそうな風景を、一編の佳作に仕上げています。

巧妙な会話、思わずニヤリ「ピッチャーとキャッチャー」

娘婿と陶器を作りながらのウイットに富んだ会話を書いた。婿さんが、水差しの意味で「ピッチャーを作る」と言ったのを〝曲解〟。「おれはキャッチャーを」と野球用語で応じた。軽妙な会話に思わずニヤリとさせられる。

初孫の夢に思いつづる「抽象画の夢」

生後間もない赤ん坊がどんな夢を見るか? 初孫の寝顔を見ながら、おじいちゃんとおばあちゃんが交わした会話や自問自答でつづった。「抽象画の夢じゃろうか」と結んでいるが、「この世の姿、形を見たことはない」赤ん坊が〝映像〟の夢を見ることができるのか確かに不思議。着眼点の意外性と「抽象画では」との結論に脱帽させられた。また、初孫が生まれ「じじ馬鹿」「ばば馬鹿」になった喜びが行間にあふれている。

臨場感あり巧みに表現「青田の風」

田園地帯の夏の夜を余情あふれる文章でつづった。山の端に明るさが残る田んぼ道をうちわを持って歩く。風が止むとうちわであおぐ。「強弱や休止があるためかえって風を感じる。茶の間の方形の涼ではなく、無限に流れる涼は温度の差以上に私の体と心に涼味を送ってくれる」。臨場感があり、巧みな表現が効いている。

お孫さん絶妙の題材「孫の所望」

白武さんの「孫の所望」。無邪気なリクエストで、お爺ちゃんの随筆に絶妙の題材を提供した二歳半のお孫さんに賞をあげたいくらいです。「にこっと笑うと、すかさず『もう一回』」。わずかな字数に、お孫さんの天使のようなあどけなさが描き尽くされています。放屁を題材にしながら、「朝餉《げ》の邪魔」にならない作品に仕上げた白武さんの筆力はさすがです。

ユーモアの隠し味「干し柿一つ」

「干し柿一つ」は､どこかおかしみを感じさせる作品でした。やっと一つの実をつけた渋柿の木。「桃栗三年、柿八年」の言葉から、「苦節八年に達したのであろう」とねぎらい、さらに、その実を甘柿かと疑うくだり。たった一つの干し柿を飽かず眺める白武さん。再読、三読と重ねるうちに、おかしさがじわじわと広がってくるのです。淡々とした筆致が、「ユーモアの隠し味」を引き立てています。

上質のユーモア光る「つまようじ」

一見ぶっきらぼうな文章なのに、どこかチラッとのぞくおかしみ。筆先の妙なのでしょう。白武さんの作品はいつも上質のユーモアに富み、クスリとさせられます。「つまようじ」も、とぼけた味が何とも言えません。

前半は使い捨て社会にちょっぴり風刺を効かせました。されば我が身と、つまようじ片手にガスレンジの火口など、詰まった穴を求めて家の中をうろうろする白武さん。崩れすぎず、硬すぎずの筆致。さすがです。

画文集『孫の所望』新装版に寄せて

人間らしい豊かな生活とは

能島龍三（作家）

抱きしめたくなるような懐かしさとともに、私たちが失いつつあるものの大きさをも考えさせられる一冊です。

作者は豊かな自然と深く結びついた日々の暮らしを、草や花や野菜や、カエルやヤモリやカナカナゼミたちと絡めて実に生き生きと描き出しています。人間同士のほんの小さな心の結び合いを、白武さんの筆はユーモアを交えて、いくつもの温かい世界に創り上げました。中村ちひろさんの絵がまたいいのです。随想の主題を的確にイメージ化し、かといってそれに付き過ぎもせず、読者の想像力を刺激します。

この画文集は、コロナ禍の都会の閉塞感の中で生きる私たちに、人間らしい豊かな生活とはこういうものではありませんか、と問いかけているようです。二十数年前のこの国に確かにあった、自然と人間の豊かさを盛り込んだこの本が、今回、新装版となって出版されたことには、そういう大きな意味があると思います。

白武さん、そして中村さん、本当におめでとうございます。

初版あとがき

私ごとき平々凡々たる人生を送っている者にも節目ふしめの出来事はある。定年まで八年を残して教職を辞してしまったとか、娘が結婚し孫が生まれたとか、親たちが逝ってしまったとか。そういう私的なことでなくても、社会の動きや時代の変遷などに節目は数多くあった。そして、それらにも無関心ではなく、むしろ人一倍強く心を動かされたのも事実である。

しかし、そのような大きな出来事だけではなく、日常のなんでもない生活の小さなワンカットのつなぎ合わせもまた、大袈裟に言うならば、私の人生を形成しているように思うことがある。

だれだれさんが屁をひったなどということぐらいつまらぬ話はないと、大昔から言われてきた。しかし、この画文集『孫の所望』は、まさにその屁をひった話である。草取りをしているとき野鳥が飛んできた話である。まったくつまらぬ話ではある。

でも、私はそれを書き、あまつさえ本にまでした。

それは、屁をひらぬ人はだれ一人としていないし、庭に来る小鳥や蛙に目を向ける人も少なくはあるまいからである。日常生活のワンカットはばらばらであっても、だれでもの生活に共通する場面であり、そこに人生の最も小さな共感があるものと信じたからである。

九十編の短文のうち、いくらかでも頷いたり笑ったりしてもらえるのがあれば、それでいいと思う独りよがりを許していただきたい。

ただ、文章の不足分を補うべくお願いした中村ちひろさんの画によって、『画文集』の体裁を整えることが出来たのは幸せだった。

博多での書・画業に何回か接したのをふと思い出し手紙を書いたら、「いっしょに文集が作れるのは、中学生以来ですね」と快く承諾していただいた。そうだったのかと卒業文集を探し出してみたら、一九七七年三月発行の「はばたき」（福富中学校文集）二六号が見つかった。

その中に、「おまえは、何がしたいのか」と自問し、答えがかえってこないために「何かをしなければ／足音もなく訪れ、そして去って行く青春というきらめく季節のなかで」とあせりを綴っていた中村さんが、見つけ出した何かが、今この書・画業に見られるのは、つまらぬ担任だったものの望外の喜びというほかはない。

出版のためにも力添えをいただいたこととともに、感謝にたえない。

また、この企画にご理解、ご協力いただいた毎日新聞佐賀支局、すばらしい「画文集」を作っていただいた葦書房、担当者としてご助言、ご尽力くださった小野静男さんに心からお礼を申し上げたい。有り難うございました。

二〇〇一年一月

あとがき

この書の初版は二〇〇一年四月十五日だった。それからちょうど二十年を経た今年四月十五日は、亡妻の十五回目の命日を迎える。それを期してこの再版を思い立ったのではないが、その偶然はとても大事な縁かと思えてうれしい。

必要もないと思われそうなこの小さな書の再版を思い立ったのは、読み返していて、一頁に一つしかない小さなテーマがそれに相応しい小さな感動をもって私に迫ってくるからである。

いま地球上に生きる人類は、あまりにも大きな出来事と感動に慣れ過ぎている。だから四六時中、何かの大きなイベントと事件と事故が報じられていなければ満足できない。だからより大きい器と格差の膨らむ中で埋没する者を広げて満足する。しかしそれはやがてそのものたちもひっくるめて全人類的破滅を招こうとする。

大きな感動よりも小さな感動こそが見直されるべきだと私は小さな決意をした。

あえて『孫の所望』再版に踏み切った所以《ゆえん》である。

このたび改める表紙絵、扉、あとがきを多忙のなか快諾していただいた中村ちひろさんに、心から御礼申しあげたい。

また、この出版へ仲介してくださった日本民主主義文学会の能島龍三さん、出版を快く引き受けていただいた（株）本の泉社の新舩海三郎さんに心から感謝申しあげるものである。

二〇二一年三月

白武留康

＊

二〇二〇年、瞬く間に地球を覆った未知のウイルスとの闘いの年となりました。私たちは、人に近づくことを躊躇ってしまうという、これまで味わったことのない日々に戸惑った一年でした。様々なイベントは制限されオリンピックも延期。そして、オリンピックの年に開催するという約束の中学時代の同窓会も延期となりました。当たり前のことが当たり前でなくなり、皆が日常のありがたさをとても感じたのではないかと思います。今尚続くこの時に、中学時代の恩師である白武先生よりご連絡をいただき、二〇年ぶりに『孫の所望』が再版されるということで表紙と扉の装画を一新したいというお話でした。

久しぶりに本棚から取り出し読み返してみました。日常の出来事の繊細に描かれた心の声と故郷の風景、時々出てくる佐賀弁の言葉が心に沁みとても懐かしく、思い出という宝ものが詰まった宝箱を開けたような気がしました。

モノや情報が溢れかえり、24時間いつでも欲しいものを手に入れる事ができたり、会いに行かなくても会える時代になってしまった今、人と人の触れ合いからしか生まれない出来事があり、豊かさを求めるあまり無くなった不便さ、手間暇こそが本当の豊かさを齎してくれるのだと感じさせてくれます。そしてこの思い出という心の中の宝もの、これをどれだけ持っているかが私たちの人生を味わい深いものにしてくれ、私たちを支えてくれるのだとこの二〇年の時を経て改めて感じ、この年にこの本が再版されることの大きな意味も感じました。

福富で先生と過ごした中学生の私も初版の年よりさらに二〇年を重ね、気がつけば今年還暦を迎えますが『孫の所望』は故郷で過ごした遠い昔が思い出され、ページを捲った瞬間、すーっとあの頃に戻れる一冊です。

人生いろんなことがありますが、日々元気でいること、くすっと笑えるひと時を過ごせること、この幸せを噛み締めながら愛おしく味わい深い人生、持ち時間がどれ程与えられているのかわかりませんが大切に生きていきたいと改めて思いました。そして、『会いたい人に会えない』、人に会うということがこんな簡単なことが簡単にできなくなったこの年、みんなに会いたくなりました。恒例の同窓会で元気に再会できる時が間もなく訪れます様に。

最後に二〇年前の挿絵を久しぶりに眺め、未熟さと若さを懐かしく思いながら「少しだけ成長し、今だったらもう少しいい画が描けるのですが……」という言い訳を添えさせていただきます。

二〇二一年三月

中村ちひろ

白武 留康（しらたけ とめやす）

一九三七年、佐賀県白石町生まれ。佐賀大学教育学部卒。以来、白石中、福富中、県立盲学校に勤務（国語、美術担当）。

一九九〇年、三十年間の教職を退き、主夫のかたわら教育相談員（教育会館）。前後して県文学賞随筆部門一席四回、県美術展入賞二回、入選六回。県美協展入選三回。全労連文学賞（一九九四年）・自分史部門一席、佐賀新聞社童話賞一席二回。

著書に随筆集『ひと夏の夢』（正・続・続々）。童話集『赤い月』（日本自費出版文化賞）、牛津町史物語』①②③（牛津町教育委員会）、画文集『孫の所望』など。

現在、日本民主主義文学会会員、日本児童文芸家協会会員、同佐賀県サークル「ひしのみ」会長。

白石町文化協会会長（六年間）、絵の会「グループきしま」会員

〒８４９—１１１１
佐賀県杵島郡白石町大字東郷２４７５
ＴＥＬ／Ｆａｘ：０９５２（８４）５０９３

中村ちひろ（なかむら ちひろ）
グラフィックデザイナー／書家。
ブランディング視点でCI、VI、グラフィックデザイン、商品企画、パッケージデザイン、ＷＥＢデザインなどトータルデザイン・制作活動を行う他、プロダクトデザイン、レシピ開発、フードコーディネートなど多岐に渡って活動。人の気持ちを動かし、人の行動に刺激を与えるデザインを目指す。
また、書家として国内外での個展活動の他、店舗ロゴ、商品ロゴの筆文字、テレビ・舞台・映画などのタイトル文字、ホテル、店舗などの美術計画も手掛ける。

KAI ART INC.
www.kai-chihiro.com

画文集　孫《まご》の所望《しょもう》（新装版）

二〇二一年四月一五日発行

著　者　文・白《しら》武《たけ》留《とめ》康《やす》 ©

画・中村《なかむら》ちひろ ©

発行者　新船海三郎

発行所　株式会社本の泉社

東京都文京区本郷二―二五―六

電話　〇三（五八〇〇）八四九四

印刷　音羽印刷株式会社

製本　株式会社村上製本所